なる なる なる

なんとかなる なるようになる なんとでもなる

遠藤麻理

新潟日報社

まえがきにかえて

著者 **遠藤麻理**

×

新潟日報社 出版企画部
編集者 **山田大史**

山田「遠藤さんの新潟日報での連載『なんとかなる』１００回をまとめて書籍化するにあたり、編集を担当した、新潟日報社の山田大史と申します。読者の皆様、よろしくお願いいたします。ところで遠藤さんは、エッセイ1本あたりどれくらい時間をかけるんですか？」

遠藤「新聞のエッセイはリアルタイムにこだわって、締切ギリギリまでネタを考えて書いて出す感じですね。鮮度が大事ですから！」

山田「その時間感覚が、この書籍の校正にも影響して、こうなってギリギリになっています、と。でもこれは書籍ですからね。校了まであと数日なんですよ、今日※1」

遠藤「（笑）ねー、楽しいですね。校了は自分の心が決める…」

山田「はい？」

遠藤「（笑）いつも私は『なんとかなる』って言ってるのに、山田さん1回も言わないじゃないですか」

山田「なんとかならなかった時の恐怖が先行してるんですよ。当初の発行予定が10月。余裕あったはずが、見事に延びましたね」

遠藤「いやいや、それはハプニングがあったからです。二人して連続で流行り病にかかったからです」

山田「たしかに。都合一カ月間作業が止まった時は、さすがに『なんとかならん』って思いましたね（苦笑）。でもね、二度の延長はないですよ！」

遠藤「何があるか分からないのが人生です」

山田「…勘弁してください（涙）。それにしても、書名もなかなか決まりませんでしたよね」

遠藤「でも最終的に、これしかないと思える最高のタイトルになりました。ちなみに皆さん、私が一時期、ラジオで激推ししていた、あのインド映画※2とは何の関係もありませんので誤解なきように」

山田「配給会社に確認したら、先方から『全く違うものだと思います』と返信があってＯＫでした」

※1　収録日：2023年10月17日
※2　2022年公開のインド映画「RRR（アールアールアール）」

遠藤「全く違うって…それはそれでちょっと悲しかったです。大好きな映画だけに…」
山田「(笑) 書名が決まっても、表紙デザインの色もなかなか決まらないし」
遠藤「よ〜しこうなりゃ制作チームで決起集会だあ!! って飲みに行ったけどただ飲んで終わりましたね」
山田「一切仕事の話しませんでしたね。なんだったんでしょう、ほんとに」
遠藤「今思えば、飲んでる場合かってね」
山田「今この時点だったらなおさら、『飲んでる場合か!』ってなりますよ」
遠藤「それは飲みに行こうってことですか?」
山田「(無視) 来週末金曜に全て終わらせて、印刷会社に提出する必要があります」
遠藤「じゃあ週明けでいいってことですよね? どうせ土日は作業しないんでしょ」
山田「絶対ダメ!! そういう解釈じゃないんです!」
遠藤「だいたいものづくりの現場に曜日は関係ないですよね?」
山田「働き方改革が言われて久しい昨今、何をおっしゃるのか…」
遠藤「小学3年生の通知表には『自己中心的である』って書いてありました」
山田「ああ、その先生すごいなあ。佳境なのにコラムもう1本足すというのには震えましたよ。でも僕が『最後までトライ取りに行きましょう』とか言っちゃったからなあ」
遠藤「なんとかなります」
山田「このエッセイ本が無事に世に出ていることを祈って…」
遠藤「何回も何人もの目でどんなにチェックしても、間違いってあるんですよね。でも山田さんが絶対に間違えないから大丈夫」
山田「…ん? まあでも、『なんとかなる なるようになる　なんとでもなる』ですかね」
遠藤「あ! やっと言った!」
二人「そんな『な〜る な〜る な〜る』、どうぞお楽しみくださ〜い」

もくじ

本書は2019年4月〜2023年5月に新潟日報朝刊に掲載した連載「遠藤麻理のなんとかなる　なるようになる　なんとでもなる」を再編集したものです。本書発行に合わせて加筆修正をしています。なお「なんとかしたいことをやってみた」は書下ろしとなります。

〈第1部〉

なるなるの法則 ―2019―

1　人生はやめられません

――ご褒美

初めましての方も、そうでない方も、こんなところでこんにちは。遠藤麻理です。

新潟日報朝刊の生活面で、何の役にも立たないエッセイを書かせていただくことになりました。

今、この原稿を日帰り温泉施設の畳敷きの大広間で書いているのですが、近くでお喋りしているおばあちゃんが、「今朝、SMラジオ聴いてたらさ！」と言っています。おばあちゃん…それ、FM…。ムチやろうそくは使わないよ。

私は普段、そのFMのほうでラジオパーソナリティを務めています。FM PORTの平日の番組「モーニングゲート」を担当して、今年（2019年）の夏で16年。朝からサディスティックなトーク満載です。

独身、バツ無し、丸顔で、趣味は飲酒、ホラー映画鑑賞、銭湯通い、アオリイカの表面細胞観察、しじみの砂出しの音に耳を澄ますこと。カラス、ウツボ、ヒグマ、ベンガルトラ、ゴリラといった逞しい生き物が好きで、好きなタイプも、素手でイノシシを仕留めてくるような男性です。

ちなみに連載タイトルは「なんとかなる」に決まりましたが、ボツになった案として「わたしは私」「美味しい毒まんじゅう」「つがれた酒は全部飲む」などがあります。そんなボツ案からも、私の人となりを感じていただけると思います。

幼い頃はトカゲの尻尾を瓶に集めたり、アマガエルを大量に捕まえてきて浴槽に放ったり、「迷子ごっこ」と称して知らない人の家に「迷子になりました！」とお邪魔して、おやつや夕ご飯をごちそうになり、揚げ句の果てに家まで送ってもらうような子どもでした。

高校受験に失敗し自暴自棄の日々を送っていた時、

地元テレビ局が、夏の高校野球新潟大会の高校生スタンドリポーターを募集しているのを知り、いっちょ金でも稼ぐかと応募してやってみたのが、この世界に入ったきっかけです。

小学生の頃、新聞に連載されていた「中島らもの明るい悩み相談室」に出合ってから、毎日届く身近な新聞に文章を書くことに憧れ、この春、それが実現しました。

これまで、付き合った男性に振られたことはあっても振ったことは一度もありませんし、あと少しで目標を達成というところで挫折したこともありました。そんな時は、それでもきっと「やるだけやったらなんとかなる　なるようになる　なんとでもなる」と唱えて笑い飛ばしてきました。そんな日々の先に、時々ご褒美のように、こんなにいいことがあるのですから、人生はやめられません。

（２０１９年４月12日掲載）

2 頼もしくて憎たらしい

――ガラケー

長く鳴っていた電話に出ようとした途端に切れる確率が、90％以上の方もそうでない方も、こんにちは、遠藤麻理です。

いまだに携帯電話は、ガラケーを使っています。よく「なぜスマホに替えないんですか？」と聞かれますが、特別なこだわりがあるわけではなく、壊れないからです。ほっぽり投げたり、踏んづけたり、わりと雑に扱っているのですが、思いのほか頑丈で、頼もしいやら憎たらしいやら複雑な感情です。

ガラケーでの検索は、どんどんハードルが上がっています。検索ワードを打ち込むと「この接続先は安全でない可能性があります。接続しますか？」という問いが現れ、選択肢のYESボタンを7回くらい押さないと、目当ての画面にたどり着けません。たどり着ければまだいい方で「フィーチャーフォンサイト（ガラケー用サイト）は終了しました」の表示も年々増えています。

そればかりか、最近はメール機能も使わないそうじゃないですか。20代のラジオのスタッフのスマホに、ガラケーからメールを送っても一向に返信がないので、「あんた、無視したね！」と責め立てると「もうメールなんか見ませんよ。時代はLINEっす！　いいかげんスマホにしてくださいよ」と逆にいさめられました。

ガラケーユーザーであるだけでなく、ニコニコ現金払い派でもあります。知人が東京でこじゃれたバーをオープンしたので、開店レセプションに出掛けました。その店がなんと、カード払いオンリーだったのです。恐る恐る「これじゃダメですよね？」と出してみたポンタカード…。ダメでした。

この間は、ラジオのリスナーが、ご自身のお母さんのエピソードを番組に寄せてくれました。バスに乗る際、乗客が皆、機械に何かをかざしているのを見て、自分もマネして手のひらをかざしてみた…という話。思わず「わっかる!!」と叫んでしまいました。

そんな私も、先日めでたくＳｕｉｃａを手に入れ、バスで使って、その便利さに感動しています。小銭がなくてドキドキすることもないし、いちいち財布から出す必要もないなんて、どんだけ便利なんですか。

だけど一方で、気が付きました。現金で運賃を払っていた時代は、降り際に運転手さんに「ありがとうございました」と挨拶をする人がもっといたように思うのです。

降りる時に運賃箱を指さして「ここにタマタマちゃん入れてね」と笑顔で言っていた、あの運転手さんもきっと寂しがってるだろうなあ。

（２０１９年４月26日掲載）

佐渡のお寺でこんなの見つけました。バスだけでなく、霊場もどんどん便利になっています

3　パワーくれる濁りない瞳

――親戚の子

平成→令和の大型連休、ゆっくりできましたか？

私は連日仕事で若干心がささくれ立っていましたが、県外から遊びにきた親戚家族と、しばしの間過ごすことができました。

親戚夫婦には、小学5年生の息子と2年生の娘がいます。会うのは年に数回ですが、どういうわけかこの娘が、私に大変懐いてます。別れ際にはいつも「マリちゃんと離れたくなーい！　ずっと一緒にいたーい！」と泣き叫ぶのが恒例で、こんなに人に好かれるのは、人生で最初で最後だと思っています。

この子は保育園児の頃から少し大人びているというか、周りの空気を読んで気を使う子でした。

例えば、親戚や知人の集まりなどでその場に初めて顔を出した人が緊張している様子を感じ取ると、お菓子を持って行って寄り添ったり、その人と誰かの間に自分が入って自然と会話をさせたりします。

以前、口の悪い彼女の叔父が「顔はかわいくないけど、愛嬌があるな！」と言ったことがあります。叔父さんのアホ。容姿に対するマイナスの言及は、何かを自分の力で成し遂げた経験のある大人なら受け止められるけど、まだ全てが与えられたものだけである状態の子どもには残酷なんだよ。しかし、その時も、一瞬表情を曇らせたものの、すぐに得意のゴリラの物マネをしてみんなを笑わせました。

一番驚いたのは、祖父に対する態度です。彼女の祖父は晩年、車椅子生活になり、宴会でのお酒も制限され、いつも寂しそうにしていました。彼女はそんな祖父の元へ行き、その小さな腕で抱きしめると、こう言ったのです。「大丈夫だよ。パワーをあげる。元気が出るよ」。幸せそうに頬笑んだ祖父。亡くなったのは、それからすぐのことでした。

その場にいる一番弱っている人、一番寂しそうな人、一番死に近い人を見極める力が、もしかしたらこの子にはあるのかもしれないと、その時感じました。

今回の連休に遊びに来た彼女は、私を見つけるとうれしそうに走り寄ってきました。そして腰に抱きついていとおしそうに見上げ、こう言いました。

「マリちゃん、元気を出して。パワーをあげる。大丈夫だよ」

思わず彼女からパッと身を離して叫びました。

「えーーーー！　次、わーたーしーーーー!?」

まだおばあちゃんも叔父さんも叔母さんもいるのに……。

彼女は濁りのない瞳で私を見つめ、真顔でした。おっかね〜。


（２０１９年5月10日掲載）

大型連休中に国語の宿題が出たそうです。ハンバアグ!?

4　熱き演劇人に胸打たれ

――審査員

5月3日と4日のほぼ一日中、薄暗い、しかしおそらく新潟のどこよりも熱い場所に、私はいました。

新潟市中央区古町の地下にある小劇場えんとつシアターにて開催された「えんとつ王決定戦」の審査員を務めたのです。

今回が5回目となるこのイベントは、観客と審査員の投票によって、一番面白いオリジナル作品を決める短編演劇フェスティバルです。12の演劇チームが4チームずつ三つのブロックに分かれて、公演時間20分以内、出演者三人以内の演劇を披露。ブロックごとに審査と講評があり、それぞれ合計得点が一番高いチームが決勝に進みます。

それにしても演劇人の熱さたるやです。皆、演劇一本でやっているわけではなく、普段は他に仕事を持ちながら、脚本の執筆や芝居の稽古に励んでいます。

胸を打たれたのは、決勝に進めなかった9チームの脚本家が一堂に集められ、審査員にメッタ斬りにされるコーナーです。ここでは私は司会役に回り、プロの演出家である二人の審査員にお任せしたのですが、演劇愛溢れるが故の容赦ない批評に、こちらの心が折れそうでした。大の大人がオリジナル作品にダメ出しされるって、自分のこれまでの人生を否定されたと感じてもおかしくありません。しかし彼らは、コテンパンに言われることを承知で、むしろ自らそれを求めて挑んでいるのです。彼らを勇者と呼ばず、なんと呼ぶでしょう。みんな、みんなかっこよかったです。

一方、かっこ悪かったのは私です。審査員という大役を任されたからには、「さすが鋭い視点！」と皆に感心されたいと気負っていました。プロの審査員と評価が異なることも「分かってないなあ」と思われそうで怖かったのです。

　しかしそんな思いは出演者の芝居を見ているうちに、あっという間に消え去りました。今の自分ができる精いっぱいのことを、自分なりに全力でやればいいのだということを、彼らが舞台から届けてくれたからです。

　面白いと感じるものはみんな違っていいのです。誰がどう評価しようと、私はこれが好きと言えることが尊いのであり、それが演劇を含む、表現の世界の素晴らしさなのですから。

　なんて自由で、なんて楽しいんだ。気が付くと一つ一つの芝居が終わるごとに、立ち上がりたい気持ちを抑え、手のひらが痛くなるまで舞台に拍手を送っていました。


（2019年5月24日掲載）

講評風景です。芝居と関係ない、カニを飼っていた話などしました

5　豊山関の真意はいかに

――「大丈夫」

新潟三越で新潟市北区出身力士、豊山関とのトークショー「つっぱりトーク　豊山関VS遠藤麻理」がありました。

豊山関にお話を聞くのは2回目で、今年の1月以来。3月場所で負け越して幕内から陥落し、5月場所は東十両5枚目でのスタートとなりましたが、千秋楽でベテラン安美錦関に勝利し、見事勝ち越しを決めました。けがからも回復し、「今後はますます稽古に励み、期待に応えたい」と話し、集まった観客から熱い声援が送られました。

さて、今回、豊山関にお会いしたら、一つ確認したいことがありました。

それは、前回の懇親会の席でのこと。いい具合に酔っ払ってきた頃、イベント主催者のおじさまの一人が豊山関に尋ねました。「どんなタイプの女性が好きなんですか?」。すると「年上の女性ですね」と言いました。そこでおじさまがすかさず、隣にいた私を指して「じゃあ麻理さんがいいこてま!」と叫びました。「え!　私ですか～?」などと言いながら頬を赤らめはにかんでいると豊山関が一言。「だ…大丈夫です」とおっしゃったのです。

この場合の大丈夫の意味は、二つ考えられますよね。一つは「はい。ありです」という意味。もう一つは「それはちょっと遠慮します」の意味。「どちらですか!」と詰め寄ることもできないまま、その日はおひらきになりました。

そして今回、豊山関が逃げられないように、楽屋ではなく、トークショーの本番で聞いてみることにしました。

さあ、いよいよ新潟三越場所が幕を開けました。先場所の話、故郷への思い、仲のいい力士についてなどひと通り伺った後、唐突にあの日の話を切り出しました。するると豊山関は「はい。覚えています」とおっしゃるではありませんか。ならば話は早いもんだと、単刀直入にお聞きしました。

「で、どうなんですか！　私でもいいんですか！　それとも、勘弁してくださいという意味なんですか！」……しばし沈黙が流れ、時間いっぱいです。

すると、豊山関は身体に似合わず消え入るような声でおっしゃいました。

「大丈夫です…」

確認するまでもなく、今回はその表情から十分に真意が汲み取れましたので、深追いするのはやめました。

押し倒しで勝つつもりで勇んで臨んだ三越場所でしたが、まんまと肩透かしにあい、結局一人相撲に終わったようです。

（２０１９年６月14日掲載）

大きい人と一緒に写ると、痩せて見えていいなあ〜

6 「毒」をクスリと笑って

――2作目

こんにちは。イラストレーターの「どくまんじゅう」です。と言っても、イラストレーターと名乗れるほどの者ではありません。

デビューは2年前、遠藤麻理のファーストエッセイ集『自望自棄』でした。普段音楽を聴きながら、はたまた電話でお喋りをしながら適当に、何も考えず、手が動くままに描いたイラスト…というより落書きが、デザイナーの目に留まり、本の表紙に採用されたのです。

その後、それがきっかけでイラストの仕事の依頼もありましたが、「どくまんじゅう」というペンネームは受け入れてもらえませんでした。確かに強烈なペンネームですよね。この名前は私の顔に由来しています。

以前、男友達と言い争いになった時、彼が「饅頭みたいな顔しやがって！　しかも壁にぶつけた、へちゃむくれの毒饅頭だ！」などと言いました。盛大に罵られたにもかかわらず、心のどこかで「それ、いいな。いつか使おう」と温めていたのです。

気に入った理由は、言い得て妙だったことはもちろんですが、私が自分自身の中の毒を自覚しているからです。

年賀状を早く書き終えた人に思わず「暇なんですね～」と言ってしまうし、子ども手当が出た時は「孤独手当も出せ！」と叫んでしまいました。頭に浮かんだことが、すぐに口から出てしまうのです。

だけど私は思います。「毒はためない方がいい」。ため込むと凝縮されて、タチの悪い本物の毒になります。一番良くないのは、孤独に毒をためること。「独」同士が「毒」で一緒に笑い合えたら最高ですよね。

6月30日に、『自業自毒～平成とわた史～』（新潟日報事業社：現新潟日報メディアネット）が発売されます。

自分の毒が回った遠藤麻理が、自業自得の平成30年間を振り返って書き下ろした、30本のエッセイなどが収録されています。読んでくださった方に笑ってほしいという思いでつづった、30年分の恥や本音が詰まった一冊です。

今作も、私どくまんじゅうが表紙と中の落書きを担当しました。文章と合わせて、ぜひお楽しみください。はっきり言います。「買ってください」。借りて読むなどという、ケチな行為はやめてください。

2作目の今回、本の帯には『ホラー映画は二作目でたいていコケる』と書きました。自虐で笑い飛ばすつもりが、もしも本当にコケてしまったら…それこそ本物のホラーです。だまされたと思って読んで、ぜひだまされてください。

以上、どくまんじゅうこと遠藤麻理でした。

（2019年6月28日掲載）

神社で「なんとか本が売れますように」と神頼み

7 正直すぎるのは時に罪

――美人？

あなたは誰かに、または何かに似ていると言われたことがありますか？

私はむかーし、安達祐実ちゃんに似ていると言われたことがあったんですの。でもモテなかったので、あの決めゼリフ「同情するなら金をくれ！」をもじって、「同情するなら彼をくれ！」と叫んでいたものでした。

その他では、歌手の菅原洋一さん（二日酔いの朝の顔がそっくりだそうです）。ダチョウ倶楽部の上島竜兵さん（普段の表情がそっくりだそうです）。

人間ならまだいい方で、地蔵、カボチャ、サバ缶（理由は謎）とバラエティーに富んでいます。

先回、新刊本のヒットを神社に祈願する写真を掲載しましたが、それを見たラジオのリスナーが、番組宛てにこんなメールを寄こしました。「後ろ姿の写真だから、美人だと勘違いされるかもしれませんね」…は？

そこで年下の男性スタッフに「私ってブス？　美人？はっきり言って」と迫ったところ、苦し紛れに「ブスと言えばブス。美人と言えば美人です」と答えました。「そういう時はね　〝他の人は何て言うか知らないけど、僕は美人だと思いますよ！〟って言うんだよ！」と教えてあげると、「だって…嘘をつくことになるじゃないですか」…って、正直すぎるのは時に罪です。

人は見た目が9割と言う人がいます。しかし私が本当にかなわないと思うのは、見た目が優れた女ではありません。

以前、テレビのバラエティー番組で、未成年の女優が、最近ハマっている趣味の話をしていました。彼女は「お料理です」と言いました。それだけなら「あ、そう」で終わるのですが、こう続けました。「料理酒を買うのにドキドキしてしまうんです。未成年なのに、お酒を買っていいのかなって」。…かわいいじゃないか。しかしこの発言のすごさは、かわいさだけにとどまりません。得意料理ではなく、あえて料理酒を持ち出すテクニックです。料理酒を使うのは主に日本食、そう、煮物。男は煮物に弱く、煮物上手は料理上手だと思っています。男たちの心を、この一言でガッチリとつかみました。

さらに、ストレートに「煮物が得意です」などと言った場合の、同性からの「媚びを売ってる！」「ぶりっ子！」などの批判リスクをも回避しています。これを無意識にやっているとしたら、末恐ろしい魔性の女ですよ。

ちなみに、先日講演に行った中学校の生徒から感想が届き、そこに「楽しい話でした！　やっぱり人は外見じゃなく内面だと思いました」と書いてありました。これはどう受け止めたら良いでしょうか。

（２０１９年7月12日掲載）

スタッフたちが描いた私の似顔絵。少しは気を使ってくれ…

8 電話に出るだけでいい

――人助け

「日本人は人助けをしない」という調査結果が、インターネット上で話題になっています。

イギリスのチャリティー団体が発表したもので、過去数カ月の間に「外国人や見知らぬ人を助けたか」「慈善団体に寄付したか」などを聞いたところ、144カ国中、日本は128位で、先進国の中で最も低かったのだそうです。調査項目が日本人になじまないという声もあるようですが、いずれにしろ、名誉な結果ではありませんよね。

では人助けと聞いて、あなたはどんなことを思い浮かべますか?

私の知人に、いつかけても必ず電話に出る男性がいます。それは普通のことだと思う方もいらっしゃるかもしれませんが、彼の場合は、心当たりのない番号でも出るのです。随分前から詐欺まがいの電話に気を付けるように、知らない番号には出ないようにと注意喚起されていますよね。でも彼は出るのです。案の定何かの勧誘電話で、「すみません。申し訳ないんですけど、結構ですので。お疲れさまです」などと言って切ることも、少なくありません。

ある時「なんで全部の電話に出るの?」と聞いてみました。すると彼は、「勧誘電話って、一日何本かけなきゃいけないってノルマがあったりするんだよ。それに、知らない番号は、もしかしたら知り合いが誰かの電話を借りてかけてきてるかもしれないし。とにかく、何か困ったことがあってかけてきてるかもしれないからさ」と答えました。それを聞いて、夜中に彼に電話をかけて仕事の愚痴を聞いてもらったことを思い出しました。

先日、番組にゲストでいらした産業カウンセラーの方が、こんな話をされました。

「自殺の名所である橋から飛び降りようとする人が、最後まで手に持っているものって何だと思いますか?」

考えあぐねていると、「携帯電話だそうです。どんな状況でも、みんな、最後の最後まで誰かとつながっていたいんですね」と先生。

いついかなる時も電話に出ることが、彼なりの人助けなのかもしれないな。そしてそれは考えてみれば、なかなかできることじゃないや。

久しぶりに電話をしてみると「おお、元気か? どうした?」。やっぱり彼は出てくれました。

(2019年7月26日掲載)

動物愛護週間
9月20日～26日
さあいこう
つらいときこそ　どうぶつえん
環境省
(公社)日本動物園水族館協会

確かにこちらの心はなごみますが、彼らは彼らで悩みがあるのかもしれないなあ

9　やりたいことをやったらいい

――夏休み

夏休み中の子どもたち、夏を楽しんでいますか？　休みもたくさんあるけれど、宿題もまた、たんまり出されたことでしょう。

私の小学生時代は、夏休み帳に始まって、漢字と計算のドリル、自由研究、読書感想文、日記、工作、プール通い、ラジオ体操強制参加…。日記はもはや未来日記と化し、一気に10日分くらい書いていました。

厄介なのは自由研究ですよね。知人に「クラスメートがどんな自由研究をしたか」という自由研究をした人がいます。名案です。登校日にみんなに聞けば完成するのですから。とにかく、やることが多すぎて休めないのが夏休みです。

しかし、私の夏休みはやりたいこと最優先でした。といっても、友達と朝から夕方まで汗だくになって自転車をこいだり、神社に集まってアイスを食べたりするだけなのですが、そんなことをしていても一日はあっという間に過ぎていきます。

「夏は一度きりだから！」というのが私の主張でした。「夏なんか来年も再来年もくるわね」と祖母に言われると、「今年の夏は一度きりなんだて！」と応戦しました。そんなふうに過ごせば後で必ずツケは回ってくるわけですが、それを承知で日々を謳歌しました。

高校卒業後の進路決定の際も、放送関係の仕事に就くと決めていたので、それを専門に勉強する学校に進みたいと母に伝えましたが、「もしその仕事に就けなかった時に選択肢が広がるから」と大学進学をすすめられました。でも、他の仕事など考えられないと貫きました。

そして今、これまでを振り返って、それなりに遠回りも苦労もしたけれど後悔はありません。なぜなら、自分で決めてきたからです。自分で決めたことなら、失敗しても、きっと納得できます。人生に「実は」とか「本当は」は、なるべく少ない方がいいのです。そのために、自分の意思で決められることは、どんな小さなことでも、自分で決めてほしいです。

周りの大人たちは、大切なあなたの将来を思って助言をくれたり、時には、やりたいと思うことを取り上げたりするかもしれません。だけど、自分がこうだと思ったら、それが親でも先生でもしっかりと気持ちを伝えてください。

未来は誰にも分からないものです。だけど、「今」は確かにここにあり、今やりたいことは、その手のひらの中にしっかりとあります。それを離さないでほしいです。

人生は誰のものでもない。どんなに未熟でも自分のものです。そして、この夏のように、あっという間に過ぎ去ります。

さあ、夏休み！　今日は何をする？

（2019年8月9日掲載）

ふるさとの景色をつまみに、いくらでも飲める缶ビール（もう5本目）。今年の夏も一度きり…飲むぞー!!

10　寛容な世の中になって

――「毛」問題

鼻毛、脇毛、薄毛、ジンジロ毛…日本人は何かと毛に厳しすぎると思います。

指摘できるかできないかの話題になった時、必ず挙がる二大テーマが「ズボンのチャックが開いていること」と「鼻毛が出ている時」ですが、ズボンのチャックについてはともかく、鼻毛は出さないものだと誰が決めたのでしょう。

確かに出ていると若干マヌケには見えます。でもそれは、こちらが抱く勝手な印象です。ましてや出ているのではなく、出しているのかもしれないじゃないですか。ですから、どうしても伝えるのなら、「鼻毛が出ていますよ」などと上から目線ではなく、「鼻毛が出ていますね」と、様子を端的に描写するにとどめるべきなのです。私の友人はよく出ていますが、彼いわく「鼻毛は自由の象徴だからね。世の中のしがらみやルールを一発で破壊するから、皆、恐れておるのだよ」とのことです。

中学生の頃だったでしょうか。街の小さなレンタルレコード店で、パティ・スミスの「イースター」の紙ジャケットを見た時、衝撃を受けました。「この人、女なのに脇毛が生えてる」

そして同じ頃、テレビでマッチ（近藤真彦）がアイドル水泳大会か何かで優勝して「やったー！」と腕を突き上げ、あらわになった脇の下がつるっつるだった時は「マッチ…男なのに毛がない」と驚きました。

それから40年ほど月日が流れた現在、写真共有アプリのインスタグラムで脇毛をカラーリングして披露する女性たちが出現しています。女性に脇毛があってはならないという圧力に異を唱える意味合いもあるようです。性別に関係なく、剃るも生やすも染めるも抜くも、個人の自由…今やそれが脇毛の常識ではないでしょうか。

　だいたいムダ毛って何ですか？　ムダ毛代表選手と言えばスネ毛ですが、スネ毛はすねをぶつけた時に衝撃を緩和し、リスクを最小限に抑えるクッションの役割を果たしますし、夏場に襲ってくる蚊を絡め取ったりもする優れものなのに、ムダだなんて言われたらそりゃスネるでしょう。

　薄毛については一番、他人がとやかく言うべきではありません。なぜなら、努力や根性といったもので、どうにかなるものではないからです。前出の鼻毛の友人は、何年か前から髪が薄くなってきて「おやじと同じように進行している。これは僕の力ではどうにもならないものなのだ」と達観しています。

　紙面が尽きましたので、ジンジロ毛については、また次の機会とさせていただきますが、今後は、毛に寛容な世の中になることを期待します。


（２０１９年８月23日掲載）

ニューヨークにてモヒカン風ヘルメット少年を発見！イカす〜

11 表裏なし悩み一刀両断

——師匠

よく行く日帰り温泉施設に、ひそかに〝師匠〟と呼んであがめている女性がいます。

師匠は、広い休憩室の隅から隅まで届くような声で話し、大いに笑い、浴場ではどこも隠さず丸出しです。

体だけではありません。心の内とて隠しません。独断、偏見お構いなしに、みんなの前で自分の意見をはっきり述べます。

例えば、「私ね、相撲は嫌い。あんなの、ただの肉と肉のぶつかり合いじゃない」と言っていました。大好きな相撲のことをそんなふうに言われたら、多少の反論もしたくなるってもんですが、師匠が言うと「そうかもしれない…」と思ってしまうから不思議です。

またある時は、こんなことをおっしゃっていました。

「イカって、嫌いな人、いねよね!」《イカを嫌いな人はこの世にいないわよね!》。…いやいやいや、いっくらなんでも師匠、イカが嫌いな人はいますって。…と一瞬思うのですが、「ですよね〜、イカが嫌いな人、いませんよね〜!」と、たちまち同意してしまう、それが師匠マジックです。

ある日のこと、師匠とお喋りしていたおばあちゃんが呟きました。

「へ、死にて。《早く死にたい。》生きてたっていいことひとつもね。《生きていてもいいことがひとつもない。》おもしれことも何にもね《おもしろいことも何もない》」

それを受けて、師匠がすかさず言いました。

「今、面白いことがなかったら、昔のいいこと思い出してればいいこて。それも十分幸せらよ。今も昔も、過ぎてしまえば一緒。こうしてる間にも、みーんな昔になっていくんだから。今のことでも昔のことでもいいから、いいこと、楽しいことだけ、考えてればいいんだて」

寝っ転がっていた私は思わず起き上がり師匠の言葉を手帳にしたためました。

おばあちゃんが「いいことなんか、あったろっかねー。《いいことなど、あったでしょうか。》昔のことも思い出さんねわ」《昔のことも思い出せません》とこぼします。

すると師匠は、こう言い放ちました。

「そーせば、寝ればいっさ！《それならば、寝ればいいですよ！》　ワハハハハハハ!!」

その豪快な笑いにつられて、周りにいたみんなも、そのおばあちゃんも、そして私も笑顔になりました。

最近いいことなかったら、過去のいいこと思い出そう。悲観的にならないで、頭の中をいいことで埋め尽くそう。それも思いつかなかったら、そうだ、寝ればいいんだ。…実に明快です。

そのあと入浴する師匠に従って、私も風呂場に向かいました。「背中、流させてください！」の言葉をのみ込んで、湯船の中から、広くたくましい背中を見つめていました。

師匠、あなたに一生ついていきます！

（２０１９年９月13日掲載）

長野県野沢温泉で出会ったお揃いのバンダナのすてきなご夫婦。
“爺婆産”おやき、と～ってもおいしかったです！

12 水道水は飲料です

――軽減税率

とうとう上がりますよ、消費税です。

初めて3％の消費税が導入された平成元年、友人との交換日記には強い筆圧で『竹下、やめてけろ!!』と書いてあります（当時の首相、竹下登氏への哀願ですね）。

その後も、5…8…そして10％と、この30年間に、真綿で首を絞めるようにジワジワと上げやがって。

それなのに、本当に不思議なのですが、ジタバタする人がいませんよね。今更ジタバタしたってしょうがないといえばしょうがないのですが、それにしたって、みんな物分かりが良すぎませんか？

テレビの街頭インタビューなどを見ていても眉間にしわを寄せて「ほんと、困りますねえ」とか、「慣れるしかないですねえ」と控えめに嘆く人ばかり。諦めているのか、もしくは必要だと納得しているのか。いまだにラジオ番組で「冗談じゃないよ！　やだよ！」と悪態をついているのは私だけですか？

何が気に入らないって、よく分からない軽減税率です。だいたいややこしいのです。どんな時に、どんなものに適用されるのか、いまだにチンプンカンプンです。「え？　これに適用されるのに、こっちはされないの？」というものが盛りだくさん。

軽減税率が適用される飲食料品は、人が食べる・飲む用に販売する商品だそうですが、例えばアルコール類に関していえば、料理酒は適用外だそうですね。「酒がなければ料理酒を飲めばいいじゃない」と豪語していたあの友人は、今頃「俺、飲んでるんすけど！」と憤っていることでしょう。

分からないのは、ミネラルウオーターに適用されて水道水には適用されないことです。庶民にとって水道水は完全に飲料でしょ。今回のこの軽減税率問題は、経済格差を実感させるものでもあるような気がします。

そして新聞・雑誌・書籍について。定期購読の新聞には適用されるけど、新潟日報を買って読むのは、私のエッセイが載る日だけと決めてコンビニなどで買っている人は、10％を支払わねばなりません。もちろん、雑誌や書籍も適用外です。

「生活に必要なもの」に適用されるという軽減税率。人が健全に生きていくためには、心の糧だって必要不可欠なはずなのに。

とにかく全部が面白くないので、増税前の買いだめもするもんかと思っていましたが、先日スーパーで本みりんを3本買ってしまいました。何となく敗北感。

（2019年9月27日掲載）

最近読んだ本からおすすめを何冊か。気になっていた本はぜひ増税前に。…ってかネコ！私の本を隠すな！

13 「女とは」ネタに一気飲み

――旧態依然

子どもの頃、おままごとやお人形遊びなどに全く興味が持てず、BB弾で近所の男の子たちと撃ちあったり、いとこをひもで縛って引きずり回したりして、「マリちゃんは女の子なのに、まあ…」と心配されました。

それが今は、「女のくせに」だの「女らしく」などということ自体、ふさわしくない時代になったので、生きやすくなったなあとホッと胸をなで下ろしています。

そんな時代に、居酒屋の張り紙に、グラスビールの写真と共に「女性にうれしいミニサイズ！」なんて文言が書かれているのを見て、「まだそんなこと言ってる！」と笑ってしまいました。私は一応女性ですが、大ジョッキどころか、ピッチャーで飲みたいですよ。同じような女友達は、周りにわんさかいます。

一方で、「どうか、そのままあってくれ！」と都合よく望んでいるものもあります。それは「レディースデー」や「レディースセット」という女性向けのお得なサービスです。だけど、そのレディースセットに、スイーツを付ければ女性は喜ぶだろうという決めつけはやめてほしいです。それこそミニサイズでいいから、ビールかワイン、またはお銚子1本を付けてほしい私のような女性も少なくないと思います。

新潟日報朝刊生活面で連載していた、性差の問題などを考える企画「男って　女って」。第5部のテーマは政治でした。県内の女性議員の中にも、「早く結婚、出産を」と言われた経験のある女性がいることを知りました。これまた「まーだそんなこと言ってる！」と呆れずにはいられません。

産まない選択をした人もいれば、産みたくても産めない人もいます。子どもを持たない理由は一つではなく、人それぞれの事情があるのだという、わざわざここに書くまでもない当たり前のことすら想像できないのだと思うと…はぁ〜なんだかなあ…昼から一杯やりたくなりますね。

ところが先日、ひとつ発見がありました。その日は仕事で遅くなり、とても疲れて帰ったのですが、夕ご飯もなく、お風呂も沸いておらず、洗濯物も山のようにたまっていました。ため息をつき、不意に口をついて出たセリフが「あー、女房がほしい」…でした。その時、気が付いたのです。

「そうか。私自身、料理、洗濯、掃除といった家事全般は、まだ女の仕事だと思ってるんだ」

つまり、私もまた、旧態依然とした人間だったのです。「なるほどね〜」と独りごちて、缶ビールをプシュッと1本、一気に飲み干しました。

（2019年10月11日掲載）

ピクニック用に友人と作ったお弁当です。やればできるんです！
ちなみに私の担当は、空豆とスナップエンドウでした（ゆで係）

14 「別れ」寂しくや〜めた

――断捨離

先日、思い立って断捨離をすることにしました。

狭い部屋は何年も目を通していない書類などのモノで溢れ、何年も使っている携帯電話のアドレス帳には、顔も思い出すことができない人の番号が多数。

なぜこんなになるまで放っておいたかというと、単純に、断捨離、すなわち断る・捨てる・離れるという行為が苦手だからです。

「今晩飲みに行かない？」と誘われれば、今日は飲まないぞと決めていたはずが「行く行く〜！」となるし…何の使い道も思い入れもない、小学生の時に編んだリリアンがまだ取ってあるし…散々な振られ方をされた彼にすがりつき金まで貸して、揚げ句の果てに「お前、もっとプライド持って生きろよ！」と説教された…それくらい断捨離ができない人間です。

そんな私が毎日少しずつ始めたのですが、ある日、新聞のスクラップの束を整理していると、中から1枚の切り抜きがひらりと落ちました。日付は確認できませんが、黄ばんで色あせた様子から、10年以上昔のものだと推測できます。

そこには、明治から昭和を生きた女性歌人、片山広子のこんな歌がありました。

「まっすぐに　素朴にいつも生きて来し　吾を惨めと思うことあり」

なぜ切り抜いたのか覚えていませんが、何か理不尽な思いをして落ち込むことでもあったのでしょう。「愚直であれ」と、未来の自分へメッセージを託し、捨てずに取っておいたのかもしれません。

思いがけず出てきたこの切り抜きを、過去の自分からのプレゼントのように感じました。

断捨離はモノだけではありません。ここ何年か「終活年賀状」といって、人間関係を整理したい人が「来年から年賀状を辞退します」とお知らせをするそうですが、そんなふうに整理をする必要などあるのでしょうか。縁を切りたい存在ならまだしも、そうでないのにわざわざ別れを告げるなんて寂しいです。そんなお知らせが届いたら、私ならしょんぼりしてしまいます。人と人は何となく少しずつ離れていくのが一番です。

というわけで、あっという間に断捨離は中止となりました。だいたい何が必要で不必要かなんて、死ぬ時になってみなけりゃ分からないじゃないかと。

な〜んて、ただ面倒くさくなっただけなのですけどね。

（2019年10月25日掲載）

決して捨てられない宝物。
大好きなカラスのぬいぐるみと、敬愛するゾンビのペン立てです

15 災難、また楽しからずや

――電車の旅

ふらりと一人で電車の旅に出掛けるのが好きです。

電車に乗った瞬間にプシュッと缶ビールの1本も開けたいところなのですが、磐越西線ではそれができるけど、越後線ではできないし、日本海ひすいラインでは開けられるけど、信越本線では開けられません。路線によって、許される雰囲気と許されない雰囲気があり、その違いを感じるのも、また楽しいのです。

どこかいい所はないかとネットで探して、先日見つけたのは、山形県遊佐町の吹浦《ふくら》海岸にある十六羅漢岩でした。

これは、吹浦の海禅寺21代寛海和尚が、海で命を落とした漁師たちを弔うために5年の歳月をかけて明治元年に完成させた磨崖仏で、完成から3年後、自らが守り仏となるために海に身を投げたと伝えられています。日本海の荒波に打ち付けられ、年月と共に摩耗が進んでいるとのこと…これは早く行かなければと早速身支度をしました。

電車の接続を調べてみると乗り換えが不便なので、酒田からはレンタカーを使うことにして、いざ新潟駅を出発。羽越本線の風光明媚な車窓の景色を眺めているうちに、あっという間に到着し、さてレンタカーをとカバンを開けたら、なんてこったです。小さめの財布に必要なものだけを移し替えて持ってきたはずが、免許証を移し忘れました。ＪＡＦカードは持ってきているのに。

お昼に入った食堂は、おばあちゃんが二人でやっているこぢんまりとした店で、壁にはお孫さんが描いたと思われる、ほのぼのとした絵が飾ってありました。これまでの経験から、こういう店は間違いないと思ったのですが、注文した「五目野菜ラーメン」の味が薄い。そしてぬるい。さらに、五目の中心野菜がなぜかパプリ力なのです（あと、しなびたチンゲンサイとモヤシ）。しかも、食べている最中、おばあちゃんがずーっと、私の背後に控えており、食べにくいのなんのって。

そんなわけで、何となく嫌な予感がする道中だったのですが、目的地である十六羅漢岩を目前にして、とうとうトドメを刺されました。なんと、そこに行き着くまでの海岸沿いの歩道が、工事中のため歩行者通行禁止になっていたのです。「えーーーー！」…思わず天を仰ぎました。十六羅漢岩を見られなかったことは、もちろんやるせないのですが、帰りの電車まで4時間近くあるんですよ…。

結局、対岸の突堤に腰掛けて、何をするでもなくぼーっと、サーフィンや釣りをする人たちを眺めて過ごしました。

夕日が沈みかけるころ、吹浦駅のホームに立って鳥海山を眺めていると、「これに懲りずにまたおいで」と、どこからか聞こえた気がしました。

（2019年11月8日掲載）

対岸から望む。あの東屋の左下に十六羅漢岩があるんです！
ちなみに車であれば通行可能でした

16 人生の始発駅に〝凱旋〟

――弥彦駅

先日、ＪＲ弥彦駅で行われた「ぷらっとホームＢＡＲ　ａｔ　弥彦」。ＪＲ職員の考案で実現したこの企画。地元酒店の地ビールや酒、弥彦名物イカメンチなどが、１番線ホームで楽しめるということで、大勢のお客さんでにぎわいました。

かつて弥彦駅に「弥彦観光駅長」という、女性の駅長がいたことをご存じでしょうか。ＪＲ新潟支社と弥彦村のタイアップ企画で、本物の駅長さんと同じ制服制帽を身につけて、県内外で弥彦および新潟の観光ＰＲをする仕事です。もちろん、電車のお出迎えや切符切りなどの改札業務もします。任期は一年で私はその8代目観光駅長を務めました。はるか遠い昔…まだピッチピチの若かりし頃です。

それから20年以上の年月を経て、久しぶりに戻ってきた弥彦駅のホーム。オープニングセレモニーで、臨時列車を迎えるため、駅長の制服に袖を通し制帽をかぶると、あの頃のことが次々と脳裏によみがえりました。

東京に、全国から「ミス〇〇」と呼ばれる容姿端麗な女性たちが集結したイベントでは、別の意味で存在感を放ち、完全に「ミステイク」だったこと。

警察署の「一日交通安全署長」を務めることになっていた日に寝坊して委嘱式に遅れそうになり、車で農道をぶっ飛ばしたこと。

接待の飲み会で、先方のお偉方に口を開けさせて、そこにピーナツを次々とシュートした揚げ句、記憶をなくして自宅まで搬送されたこと。

弥彦神社脇の土産店に遊びに行っては、おでんこんにゃくをタダでくれないかな～と期待して愛嬌を振りまいたこと…などなど挙げればきりがありません。

イベントのトークショーでお相手をしてくださったの

は、当時お世話になった観光協会の神田会長です。「あなたは覚えてないかもしれないけど、任期を終えるちょっと前にね、私に手紙をくれたんだよ。丸っこい小さい文字で〝この先、どうしたらいいのでしょうか〟と書いてあったよ」と教えてくれました。去りがたかったのでしょう。結局、テレビ局でのアルバイトが決まって、私は弥彦の地を出発しました。

　退任式のあの日、大勢の温かい拍手に見送られてから、各駅でさまざまな人に出会い、時に脱線し、故障しながらもこうして旅を続けてくることができました。弥彦は、私にとって始発駅であり、原点です。

　色づいた木々の中、ホームをゆっくり出て行く電車を、見えなくなるまで見送りました。

（２０１９年11月22日掲載）

燕三条、東三条、吉田の駅長さんと。この年になってコスプレするとは…

17 楽を求め先祖に出会う

――四足歩行

同世代の女性が集うと、自然と「老いを感じる時」という話になります。

この間は、「このさ〜め中、胸元が大きく開いた服を着ている若い女性」が理解できないという話題になりました。

ヒートテックの上にとっくりを着て、さらに裏起毛のフリースで完全防備している私たちにも、寒さより何よりおしゃれが一番だった時代が確かにあったはずなのに。

「肌が水を弾かなくなった」のはだいぶ昔のことで、今では「すぐだるくなる」「常にイライラする」「何もないところで転ぶ」「マスクの跡が消えない」「目がしょぼしょぼする」「ノーブラで平気」など、枚挙にいとまがありません。そして「今時の若い子は…」と、とうとう言ってしまった時、もう引き返せない自分を知るのです。

立ち上がる時に掛け声が出てしまうのも、年齢を実感する瞬間です。そうしないと体が動かないんですよね。

よく行く日帰り温泉の休憩大広間には、「あ、よっこらしょ」「あら、やっこらせ」「よ〜いしょっと」「どっこらせ」…あちらこちらからこだまのように、掛け声が響いています。

そしてこの間、その大広間で新発見がありました。そこに集う高齢の女性たちには、掛け声を発しながら立ち上がる時の共通点があったのです。

まずは、ご自身のことを想像してみてください。椅子ではなく、畳など床に座っている状態から立ち上がる時、あなたはどのようにしますか?

いったんしゃがみこむような体勢になって、そのまま上にすっと立ち上がる人は、まだ若輩者です。

大広間の先輩たちは、まずクルッと体を反転させて両手を地面につきます。次に両足を踏ん張って尻を浮かせ、そこから上半身を起こすのです。

「よっこらせ」とか「どっこいしょ」は、そのよつんばいの格好から体を起こす時の掛け声なのです。

私もマネしてやってみました。そうしたらこれが、ものすごい楽。足腰だけで立ち上がるよりも数倍楽なんですよ。

疲れた時など、時々家でもするようになって、ある時その姿を鏡でみたら、そこに類人猿がいました。ご先祖さまに出会えたのです。

だよなあ～、四足歩行の方が安定してただろうなあ…。

これが、令和元年、一番の大発見です。

（2019年12月13日掲載）

名古屋市の東山動植物園にいるイケメンゴリラ「シャバーニ」が大好きです。彼と四足歩行で森を散歩したいです

18 自分を責めず穏やかに

――風邪の効用

今年ももうすぐ終わります。何かと言い訳して飲みすぎたし、トランポリンダイエットは3日で挫折した…だけど、こうして今生きている、それだけでよくやったと自分を褒めたい年の瀬です。

先月、風邪をひきました。「うがい手洗いマスクに睡眠、美味しく食べてよく笑う」を合言葉に、徹底的に予防して気を付けていたつもりですが、やられました。

声が商売道具ですから、そりゃあ焦ります。昔は風邪をひくとまず一番に声が出なくなり、「どうしよう」「早く治さねば」と焦るストレスで免疫力が落ち、かえって悪化させてしまうという悪循環に陥りました。

良いといわれるものは全て試しました。喉に効くとされるツボはアザになるほど押しまくり、首にネギを巻きつけて息苦しくなりました。耳鼻咽喉科で「声を出さないのが一番です」と言われ、「声を出すのが仕事なんですよ。どうにかしてください！」とキレたこともありました。

そんな時、友人が一冊の本をプレゼントしてくれました。それは整体の野口晴哉《はるちか》先生の「風邪の効用」です。これは、今まで私が風邪に抱いていたイメージを根本から覆す本でした。

先生は、風邪は治すものではなく経過するものだと説きます。「風邪は絶対悪。万病の元」と思っていましたが、体を整えるためには必要なもので、細かくちょくちょくひく方が実は丈夫なのだというのです。むしろずっとひいていない人の方が大病にかかりやすいのですよと。そして、ひいたあとは、あたかも蛇が脱皮したかのように新鮮な体になるとありました。

そこに書いてあることが本当かどうかは、その時の私には必要ありませんでした。ただとても気持ちが楽になったのです。風邪を通して、心や生き方に向き合えた一冊と言っても良いでしょう。

周りに対しても考えが変わりました。それまでは風邪をひいた人を「たるんでいる」「プロ意識がない」などと思っていましたが、その刃は当然自分にも向けられていて、それがとてもつらかったのです。しかしその本に出合って、相手にも自分にも優しい言葉をかけられるようになりました。

風邪に限らず、どんなに健康に気を使って生活していても病気になることはあるのです。そんな時は自分を責めず、ゆっくりゆったり落ち着いて受け止めましょう。

この連載のタイトル「なんとかなる　なるようになるなんとでもなる」に、今年最後にもう一つ付け加えます。

それは、「なるときはなる!」。

（2019年12月27日掲載）

旅行先の長野県で見つけた看板。風邪をひいても慌てない。
自分にも相手にも優しい気持ちで…それが愛です

宣材写真を撮影

もう長いことこの仕事をしているのに、宣材写真を、一度もプロのカメラマンに撮ってもらったことがない。

宣材写真とは、宣伝材料用写真を略したもので、自身をPRする時に使ったり、チラシやポスターに掲載される写真のこと。その一枚で人柄を伝えたり、出来によっては実際の人柄以上に良く見せる効果も期待できる、とても大切なものだ。

にもかかわらず、これまで使っていたのは、素人が撮った10年以上も前のもの。クライアントに提出したら、現在の私の顔と何度も見比べていた。

「ちゃんとした宣材写真がないなんてプロ意識に欠ける」「何十年も前のものを出すなんて詐欺」と忠告を受けていたこともあり、いい機会なので、なんとかすることにした。

すぐに浮かんだのは、小倉快子さんだった。小倉さんは、2021年まで新潟市で、写真集を中心に扱う書店「BOOKS f 3」を経営していた。

お顔はつるんとしたゆで卵のよう。物静かで穏やかな中に秘めた闘志が感じられて愉快。何より、彼女の撮る写真が私は好きだ。日常を切り取る眼差しがやわらかくて愛おしい。

私自身が際立つというよりも、馴染みの景色に私が溶け込んでいるような、風景みたいな一枚が欲しかった。

出来上がってきた写真を見て、まず自分の笑顔に驚いた。そして、私はここが好きで、これからもここで生きていくのだと感じた。

〈第2部〉

なるなるの法則 −2020−

19 お年玉かけ本気の勝負

――お正月

謹んで新春のお慶びを申し上げます。

お正月はいかがお過ごしになりましたか？

お正月といえばおせちですが、ここ10年以上、わが家ではお重を作っていません。祖母が元気だった頃は、大みそかが近くなると、台所からおせちを仕込むいい香りがしてきたものです。その温かくほっこりとしたにおいに包まれながら、こたつで宿題をしたり、年賀状を書いたりする時間が好きでした。

今年も年末年始は通常通りにラジオの放送があり、ようやく実家に帰ることができたのは3日金曜日の夜だったのですが、そろそろ東京に戻っただろうと踏んでいた親戚たちがまだ留まっており、子どもたちもわんさかいました。

昔から、私はタダでお年玉をあげません。トランプや百人一首、ジェンガや花札など、何かしらのゲームで対決し、「私に勝ったらあげる」というシステムを取っています。もちろん手加減などしません。お金の大切さ、人生の厳しさを教えるためです。

今年は小学5年生の女子を相手に、お年玉をかけて「太鼓の達人」で決戦となりました。これは曲のリズムに合わせて和太鼓を叩くゲームで、このゲームに決まった時点で勝ちを確信しました。小学生の時は金管バンドでトランペットを、中学時代には吹奏楽部でフルートを担当していた私は、音感やリズム感には絶対の自信があるのです。

曲は、勝手にジッタリン・ジンの「夏祭り」に決めました。高校生の頃よく聴いた曲で、小学生は知らないだろうと踏んだのです。

ところが、いざ勝負が始まり「知ってる？」と聞くと「知ってる」と言うではありませんか。そこでようやく気付きました。「あーー！　ホワイトベリーがカバーしてたんだーー！」……「夏祭り」はずっと昔の曲ではなく、今も親しまれ歌い継がれている曲だったのです。

結果、あっさり大差で負けました。「今、お金ないから後でね」と往生際悪く渋ると「必ずお金を払います」と念書を書かされました。

「いつまでこうして一緒に遊んでくれるのかな」と思いながら彼女たちと過ごした、久しぶりのにぎやかなお正月でした。


（2020年1月10日掲載）

元日の生放送で、毎年恒例の百人一首対決！　ご覧のように華やかなちゃんちゃんこ着て、毎日お送りしています。今年もよろしくお願いします

20 一番遠い職業、でも憧れ

――外科医

生まれ変わったら就きたい職業といったら、ズバリ外科医です。

米倉涼子さん主演のドラマ「ドクターX 外科医・大門未知子」が好きすぎるからというのが理由です。

実際の私は、例えば料理の最中に手を切ると、食べることを含め全てを放棄して部屋の片隅で膝を抱えるくらいに血が苦手。健康診断で採血がある前日は、眠れないほどの注射嫌いです。

ですから人さまの体にメスを入れるなど、今世では到底できるわけがありません。

ただ大門未知子のように、手術中に「メッツェン（手術用ハサミ）」とか「モノポーラ（電気メス）」と言って手を出して、助手から手術用具を受け取ってみたいだけ。「お前できるのか？」と聞かれた時に、未知子のように「私、失敗しないので」と啖呵を切ってみたいのです。なりたくてもなれないと分かっている、自分から一番遠くにある職業だから憧れてしまうのでしょう。

また、現実の世界で主治医に恵まれているということも外科医に親しみを感じる理由の一つです。

初めて外科手術を受けることになった時、担当の男性医師を前に戸惑いました。名前しか知らない、出会ったばかりの先生に全てをお任せするのか…「まな板の上の鯉」ってこのことか…と、複雑な心境でした。

そんなある日、診察を終えてパソコンの画面にデータを打ち込む先生の白衣に、いくつもの縫い目があるのを見つけました。よく見ると、破れたりほころんだりした箇所が一つ一つ、細かく丁寧に縫い合わせてあります。「へぇ〜、物持ちがいいんだなあ〜」と感心しながら視線をあげて先生を見ると、画面に向かって「あ、間違えた」とぼやきながら、人さし指だけで一文字一文字、不器用にキーを打っていました。

自分のことは何ひとつ語らない先生が、この時ぐっと近くなりました。

発言にも一切の忖度がなく、また慰めや励ましもありません。例えば注射をする時、怖いので必ず「痛いですか?」と聞くのですが、痛いのを刺す時は「うん、痛いよ。これは痛いんだぞ〜」とおっしゃいます。「ちょっとは気休めを言ってくれよ」と思うのですが、その正直さがなんだか心地いいのです。

今も3カ月に1度、診察をしてもらっているのですが、会うと気持ちが明るく元気になります。外科医にはなれずとも、私も誰かにとって、そんな存在になれたらいいな…と願う新年です。


(2020年1月24日掲載)

新潟市西蒲区にある「歯地蔵」さま。
歯が痛くなったらお参りに行くのもいいけれど…歯科にも行きましょう。いや痛くなる前に

21 書き直す手間煩わしい

――返信の御中

ビジネスマナーの失敗談は、誰にでもありますよね。

社会に出て間もない頃、特に怖かったのは会社の電話に出ることでした。それは必ず新人の役目で、周りの先輩方は耳をそばだてて、しっかり応対できるかチェックしているのです。

緊張のあまり、「お世話になっておりまする」と武士のような言葉遣いになったり、名前が聞き取れず、もう一度確認する時に「何さまですか？」と失礼な言い回しになったり、恥ずかしい失敗は数知れません。

そんな中、それはどうなんだろうと疑問に思うビジネスマナーがあります。

例えばメールの文面の冒頭を「いつもお世話になっています」で始めることについて。すでにいつもお世話になっているならともかく、初めて一緒に仕事をする際の挨拶メールにもそう書かれていることに、違和感を覚えます。

しかし、こうして生きている限り、間接的にどこかで確かにお世話になっているのですから、間違いではありません。ただ、挨拶と返信を終えた後に何度かやりとりが続く場合は、もはやその一文はいらないのではないでしょうか。

次に名刺の交換に関して。大人数での会合では最初に交換しますが、外国では、話が合って今後も連絡を取りたい人と最後に交換することが多いのだそうです。家に帰ってたくさんの名刺を前に、どれがどの人か思い出せず途方にくれるより、たった1枚の気が合う人の名刺を持ち帰る方が収穫といえます。

また先日、うっかりミスをやらかすところでした。郵送で書類が送られてきた時に、返信用の封筒が同封されていることがありますよね。その封筒の宛名の企業名の後に「行き」とか「宛て」と書かれていますが、それを訂正せずそのまま出してしまいそうになったのです。「あ〜危なかった〜」と、線を引いて「御中」と書き直し、ことなきを得ましたが…そもそもこのひと手間って煩わしくないですか。初めから「御中」と書いてある方が親切です。

もうこのまま出してしまおうという考えが頭をよぎることもありますが、「あ、この人失礼だ」とか「マナーを分かっちゃいないんだ」とか思われたら心外ですから、やっぱり書き直してしまいます。

ですから企業の皆さん、返信用封筒は「御中」にしませんか。そう書かれていたからって、誰も「なんだ偉そうに」とか思わないですよ。ただ慣例でそうしているだけなんですから。そんな企業をウォンチューです。って全然面白くないですね、すみません。

（2020年2月14日掲載）

ニューヨークのレストランで。「景気どう？」「リーマン以来さっぱりさ」なんて話しているのかもしれません。…まさかね

22 感謝あれば気持ちよく

――「当然」にも

　好きで一緒になった夫婦や恋人同士なのに、なんでけんかなんかするんでしょうねえ。もめ事はどちらか一方が100％悪いなんてことはないのだと知りながら「謝ってよ！　ごめんねは？」としつこく迫り、何度相手を辟易させたことか…。

　そんなことを考えていたある日、目からうろこの出来事に遭遇しました。

　信号のない横断歩道では歩行者が優先で、横断者がいたら車は必ず停止しなければいけません。しないと道路交通法違反になるにもかかわらず、新潟はこの一時停止する車の割合がとても低いそうです。私は素通りして行く車があると、その後方ナンバーをにらみ付け、心の中で「捕まってしまえ～」と呪っています。

　その信号のない横断歩道で、一人の男子児童と一緒になりました。私たちを無視して通り過ぎて行く車が1台…2台…。次の車がようやく止まったので、私はいつもそうするように「お殿様のお通りだーい」とでも言いたげな態度で悠々と渡りました。するとその脇を、児童が足早に駆け抜けて行き、渡り終えると振り返って会釈をしたのです。それを見た運転手はにっこり頬笑み、片手を上げてゆっくり車を発進させました。

　その時思ったのです。おお～こういうことなんだと。私の頭の中には、「車は止まって当たり前」「止まらん車はけしからん」と、それしかありませんでした。しかし、そうだとしても児童のような態度を見せられたら、運転手は「当たり前のことをしただけだけど、止まって良かったな～。今度も止まろ～」という気持ちになるに違いありません。

　夫婦間や恋人間に関しても、同じことが言えるのではないでしょうか。稼いでくるのは当たり前。家事をするのは当然のこと。だとしても、その当たり前や当然に、一言でも感謝の言葉があったなら、相手は気持ちよくその役割を果たせます。

例えば料理でも、「ありがとう」じゃなくたって「美味しい」の一言がどれほどうれしいか、です。言葉にお金はかかりません。ケチらずにどんどん感謝を述べましょう。普段、当たり前と思っていることにこそです。そうすれば、もっとけんかは減るはずです。

ちなみにけんかをした時、どんなふうに仲直りをしていますか。私の友人夫婦は昔から、二人でお風呂に入るのだそうです。つんけんしたまま無言で服を脱ぎ、順番にお湯につかり、お互いの体を無言で流し合い、上がる頃にはなんだかもうどうでも良くなっているのだとか。どちらが折れるでもなく、お風呂イコール仲直り…いいな〜、それ…。


(2020年2月28日掲載)

ナメナメしあう、仲良し猫を発見しました!　ほほえましいにゃー

23 約束は今を励ます希望

――また会おうね

中学を卒業する時、それまで交換日記をしていた友人と、この後も続けるかどうか話し合いました。学校で毎日会って喋っているくせに、2日と空けずに交換して、たわいもないことをつづった日記。

お気に入りの音楽や好きな人の話、時にポエム…。完全に自己陶酔したその文章を読み返すたびに、あの頃の自分の両肩をつかんで「しっかりしろー!! 目を覚ませー!!」と激しく揺すり、「しかもお前はこの文章を他人に見せていたのかー!!」と張り倒したくなります。思春期は怖いもの知らずです。

彼女とは別々の高校に進学しましたが、結局、日記を続けることにしました。お互い電車通学になったので、朝、駅で交換しようというわけです。

新しい制服やクラスのこと、部活はどこに入ろうか迷っていること…弾むような文字とリズムでつづられた交換日記。

4月中は「やっぱり中3のクラスが最高だった」「みんな元気らろっか」という文章が時々出てきましたが、5月に入る頃には、私の知らない友達の名前やエピソードが多くなり、交換の頻度も少なくなっていきました。最後の日付は5月28日。私が書いて、渡すことなく交換日記は終わったようです。

交換日記を続けることになった時、「ずっと続けよって!」「ばあちゃんになっても!」「絶対らよ!」と約束した私たち。それを果たせたか、果たせなかったのかは重要ではなく、その時に友人と絶対続ける気持ちで約束を交わせたことこそが、大切な宝物です。

新型コロナウイルスの影響で、県内の学校の卒業式も出席者数が制限されたり、規模が縮小されたりといった措置が取られました。

そこで提案です。何年か先に、予定していた本来の卒業式を今年の卒業生と在校生、先生と保護者の皆さんでやり直すというのはいかがでしょう。同窓会の一つのアトラクションとして企画してもいいでしょう。

残念で寂しい思いをしたという声が多い中、そんな楽しみな約束が、一つでも多く生まれたらいいなと思います。

未来の約束は、不安でいっぱいの今を励ます希望になります。


（2020年3月13日掲載）

ラジオ番組のイベントで、男性スタッフが、ツインテールのかつらと制服を身につけました。女子高生だった頃の私より数倍かわいくて嫉妬。もちろん脚の毛も剃ってあります

24 気遣う姿に成長を実感

――親戚の子

親戚の20歳の女の子の就職が決まり、4月から東京で暮らすことになりました。

20歳以上年が離れている彼女のことを、私は幼い頃から厳しくしつけてきました。一人親で一人っ子という境遇が同じなので、私のようになってほしくないところを徹底的に教え込んだのです。

挨拶やお礼の大切さはもちろん、お金は簡単に手に入るものではないと教えるため、お年玉はゲームに勝たないとあげませんでした。また、食べ物のありがたさを教えるために、食卓に二人の好物が並んだ場合、普通は子どもに譲るものですが、率先して食べました。

そのため、だんだん疎ましがられ、小さい頃はそれでも「マリちゃんの顔ってカボチャみたいだよね」とか、「長州小力に似てるよね」くらいの憎まれ口で済んでいましたが、中学生、高校生になるとすっかり寄り付かなくなってしまって…うっっ（涙）親戚のクソババアとしか思っていなかった時期もあったでしょう。

勉強は得意でなく、わがままなところもありますが、友人には優しくし、生き物の命を大事にする心を持っています。それだけで十分です。

20歳になったお祝いに二人で食事に行った時、彼女が私に聞きました。「マリちゃん、社会人になるにあたって、何かアドバイスある？」

ああ、なんということでしょう。彼女からアドバイスを求められるなんて。これまでの私の教えを全て否定しているわけではないのだと感じられた瞬間でした。

しかし、とっさのことで頭が混乱しました。あれも言いたい、これも言わなければ。何よりも、何かかっこいいことを、「さすがマリちゃん！」と言われるような、いつまでも心に残ることを言わなければと…。

ところが口から出たのは「みんな、いつか死ぬってことだよ」というトンチンカンな言葉でした。だけど私は伝えたかったのです。いつ死んでも悔いのないように、日々を楽しく、なるべく笑って、自分の選んだ道を信じて胸を張って歩いて行けと。失敗したって構わない。なんとかなるから大丈夫と。

彼女は分かったような分からないような顔をして、それでもしっかり私の目を見て話を聞いていました。

帰り際、コインパーキングで後ろから「マリちゃん」と呼びかけられ、振り向くと彼女の手のひらに３００円がありました。駐車料金を半額持とうとするその姿に、大人になったなあと涙ぐんだ春の宵でした。

（２０２０年３月27日掲載）

彼女が3歳の時、旅行先で撮りました。かわいいなあ。一応お伝えしておきますが、右から顔を出しているのは、私の祖母（故人）です。私ではありませんよ！

25 残りの時間も笑い声で

――停波

これまでの人生を振り返ってみますと、友人に彼氏を奪われたこと、車ごとドブに落ちて死にかけたこと、などなど驚いたことはたくさんありましたが、4月1日の新潟日報1面トップを飾った「FM PORT停波」には、驚きを通り越して、きょっとーんとなりました。

私は発表になる一週間前に知らされたのですが、何が切なかったって、何事もなかったかのように、フツーに番組をお送りしなければならなかったことです。

担当番組の「モーニングゲート」は、とにかくおふざけ満載なのです。例えば、一番くしゃみが出やすいこよりを検証するため、ティッシュやトイレットペーパーなど5種類の紙で作ったこよりを、寝ているスタッフの鼻の穴の奥まで1本ずつ突っ込んでみるというようなことを生放送でやっています。ほぼ毎日、そういうアホなことをやっていて、発表までの一週間もそうでした。いつものように大笑いしながらも、頭の中には常に「停波」の文字がまとわりついて離れませんでした。

新型コロナウイルス終息の見通しが立たないこのような状況下で、こんなに悲しいお知らせを、大切なリスナーの皆さんにしなければならなかったことは、私だけでなく、FM PORTの全ナビゲーター、スタッフにとっては本当に悔しいことで、申し訳ない気持ちでいっぱいでした。

発表後は連日、これまでの5倍以上のメールやファクスが寄せられます。「なんとかならないのか」「クラウドファンディングをやりましょう!」など…。私自身も同じ気持ちで、先日はパソコンで「ビルゲイツ　資産」などと検索してしまいました。

中には「うちの事務職、18万円でどうですか」「うちなら20万出せます」「工場で一緒に働きませんか？工場長に掛け合います」といった、停波以降の私の行く末を案じてくれる内容もあり、ありがたい限りです。

毎日が皆さんからの温かい言葉で溢れ、皮肉なことですが、今、これまでで一番、この仕事を選んで良かった、続けてきて良かったと実感しています。幸せです。

なんて言うと、明日にも死んでしまうみたいですが、FM PORTおよび番組は、もうしばらく続きます。

拙著「自業自毒」のあるページに、番組について自分でこう書いています。「いつ辞めてもいい。いつ終わっても悔いがないところまで日々をやりきる。真面目に遊びきる。全力でふざけきる」

その通りやってきたつもりですし、残りの時間もこの言葉通りお送りしますので、お付き合いください。

ちなみに「自望自棄」「自業自毒」に続くエッセイ本を出すなら、タイトルは決まっています。「自給自足」です。ぜひ買ってください。

（2020年4月10日掲載）

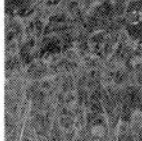

路線バス祭り、お店でも何でも、なくなると決まってから嘆いても遅いんですよね…それにしてもこのバス停、年季入ってますね～

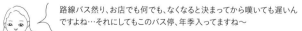

26 何かにハマって楽しむ

――家時間

ラジオのリスナーから日々寄せられるお便りを拝見していると、家に籠っているせいで、皆さん、何かしら上達しているのが面白いです。

ある女性は、子どもたちと折り紙を折りまくっているそうで、写真を送ってくれました。何枚もの折り紙を組み合わせて作ったコースターや玉手箱…それは、もはや立体アートと呼ぶにふさわしい作品でした。

また、ある男性はクックパッドを見ながら、初めてハンバーグを作ったそうです。600グラムのひき肉で四つとは、これまた超ビッグサイズ。今後もいろんな料理に挑戦したいそうです。

家で晩酌する機会が増えた方もいらっしゃると思いますが、おつまみに何を作っていますか？　酒飲みなら、誰でもお気に入りがありますよね。

例えば作家の山田風太郎が毎日、何年も食べ続けたつまみは「チーズの肉トロ」なるものです。薄い牛肉でとろけるチーズを包んで焼くだけの料理で、これをおろしたニンニクとしょうゆでいただくのだそうです。「うまいに決まってるー！」ということで早速マネして作ってみたことがありますが、確かに酒が進みます。しかし、ハマりませんでした。だって牛肉は高級だし…。

そこで今日は、私が以前、酒のつまみに毎日食べていた、簡単すぎるおつまみを紹介します。用意するものは、キュウリとハム、スライスチーズにマヨネーズ。まずキュウリは斜め薄切りにし、ハムとチーズも、キュウリの大きさに合わせて何等分かします。出来上がりです。あとは、その三つを組み合わせてマヨネーズにつけていただきます。キュウリ多めが美味しいですよ。名付けて「ハムチーキューリ」。

また、在宅勤務だとお昼ご飯も悩みますよね。そんな時におすすめしたいのが「納玉丼《なったまどん》」です。これも簡単で、ホッカホカのご飯の上に納豆を敷き、その上に半熟目玉焼きをのせるだけ。黄身をつついて下の納豆ご飯に落としたら、その穴にしょうゆを垂らしていただきます。そこにおみそ汁とおしんこがあれば、もうごちそうです。

　最後に、暇つぶしの遊びにおすすめしたいのがパズルです。といっても市販されているものではありません。古新聞、古チラシを使うのです。それを好きなようにビリッビリに破いたあと、元通りにするパズル。というか、復元作業ですね。これのいいところは、難易度を自分で決められるところ。そしてビリッビリに破く時、ちょっとスカッとするところです。何より、お金がかかりません。

　まだまだ先の見通しが立ちませんが、「もうしばらく我慢しましょう」よりも「家時間を楽しみましょう！」と声を掛け合いたいものです。

（2020年4月24日掲載）

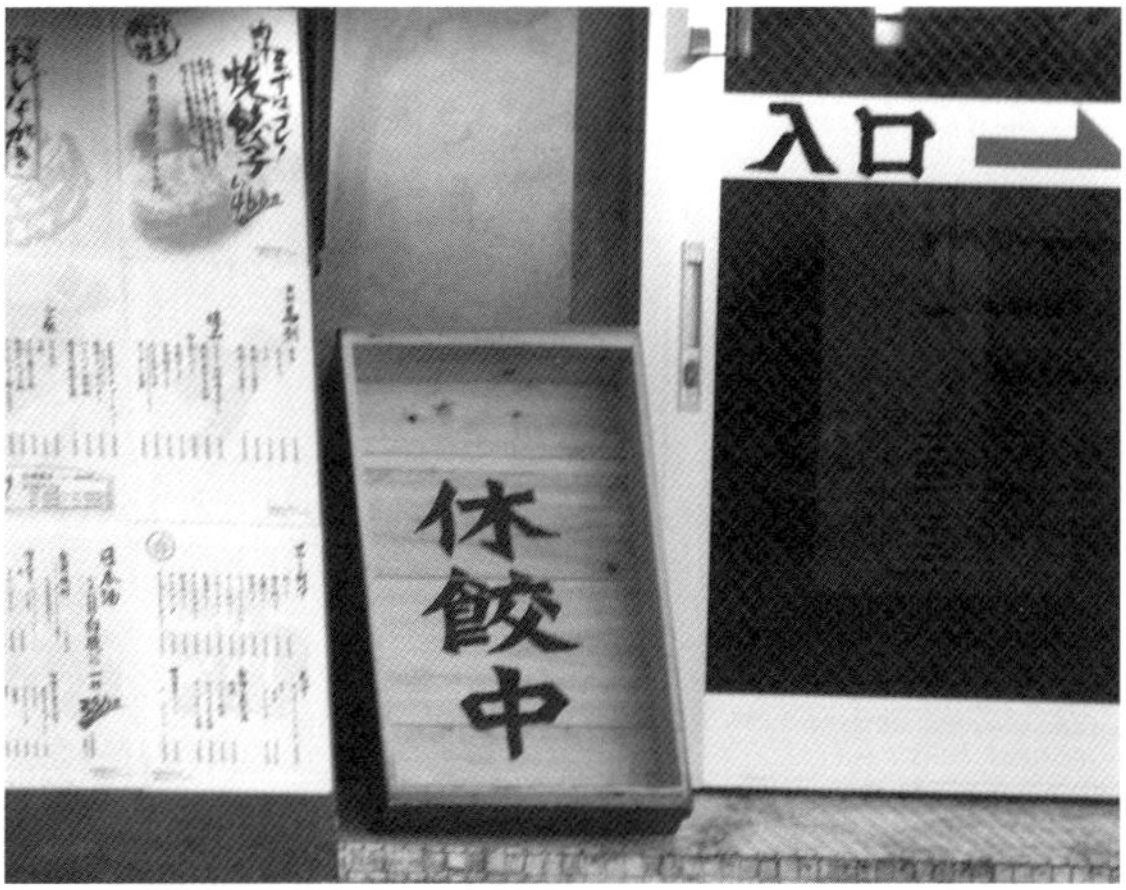

街で見かけた看板です。さて、このお店は何屋さんでしょう。正解は、餃子屋さん！　休業せざるを得ないすべてのお店が、一日も早く再開できるのを祈っています

27 きつい果て、いい気持ち

――羽黒山

羽黒山《はぐろやま》といえば、新潟市西蒲区旧中之口村が生んだ第36代名横綱。県出身力士で横綱まで上りつめたのはこれまで羽黒山だけですが、次の夏場所の番付で、新潟市北区出身の豊山関が自己最高位となる西の前頭筆頭となり、初の三役昇進に期待がかかっています。史上二人目の県出身横綱も夢ではありません。しかし、その夏場所は中止に…。とても残念です。

と、相撲のことを語り始めると止まらないのですが、今日はその話ではありません。

羽黒山は羽黒山でも、山形県鶴岡市にある出羽三山の羽黒山《はぐろさん》。出羽三山は、その羽黒山と月山、湯殿山の総称で、開山は1400年以上前。古くから修験道の霊場として知られています。

羽黒山は標高414メートル。なーんだ角田山より低いんだと侮ってはいけません。

以前、友人と鶴岡に旅行に出掛けてぶらぶらしていると、「羽黒山でも行ってみる?」と言うので、山ったって、ちょっとしたトレッキングコースだろうと思って気軽に「いいよ」と返事をしました。

しかし、麓の文化記念館に立ち寄った時に、おや？と思ったんですよね。つえや靴の貸し出しがあるんです。また、館内で放映中のビデオでは、山伏がプウォ～ンとほら貝を吹いているし、友人は車のトランクから登山靴を出してきて履き替え、ストレッチを始めるのですから。不吉な思いに駆られて「ねえ、もしかしてきついの?」と聞くと、「いや、大丈夫じゃない?」と友人。

その言葉を信じたのに…トレッキングなんてもってのほか、立派な登山ですよ。

もちろん後で知ったことですが、入り口の随神門から祭殿のある山頂までの表参道は、全長1・7キロメートル。石段の数は神社では日本一の２４４６段。香川県にある、あのこんぴらさんの１３６８段を大きく上回っているのです。

登り始めて30分。「ちょっと！　こういうことなら先に言ってよ！」と友人に文句を言うと「だって、本当のこと言ったら、行かないって言うでしょ？」…彼女は登山が好きなのです。

しかしですね、ここが非常に気持ちのいいところでした。門を抜けてしばらく行くと川があり、そこに神橋と呼ばれる赤い橋がかかっています。清流は月山を源とし、昔、参拝する人はそこで身を清めたそうです。石段の両側には樹齢３５０〜５００年の杉が立ち並び、途中、樹齢千年ともいわれる大きな爺杉《じじすぎ》に出合えます。

今、心の中にあの風景を思い浮かべただけで心がスーッと澄み渡るようです。羽黒山は間違いなくパワースポットです。いつか、ぜひ訪れてみてください。ただし、しっかり登山の心構えで。

（２０２０年5月8日掲載）

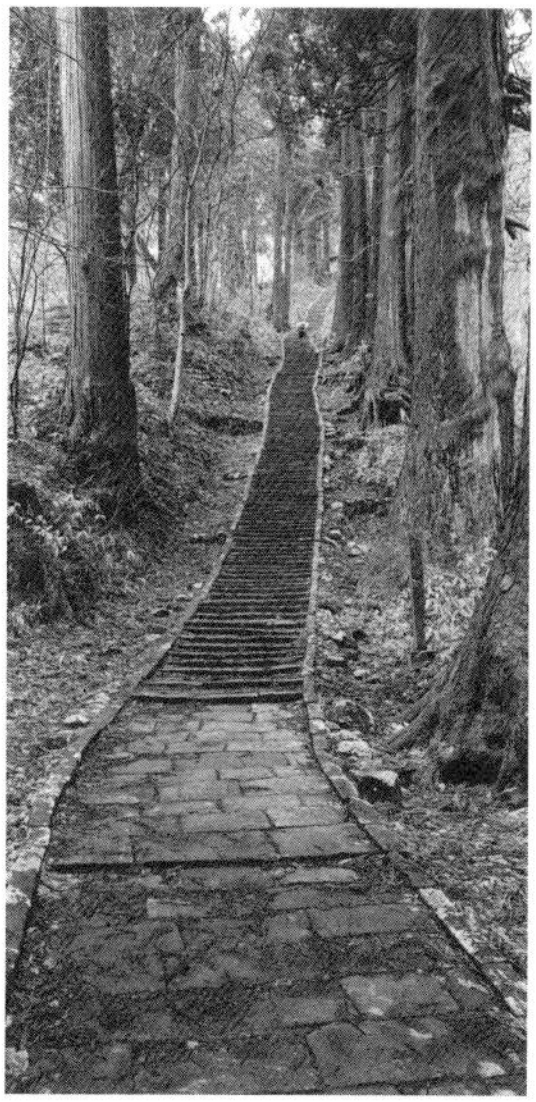

見よ！　この果てしなく続く石段を！　石段には盃や瓢箪などの絵が33個彫られていて、全て見つけることができると願い事が叶うと言われています。徳利とお猪口を見つけました

28 温かな笑顔いつまでも

――井田英夫さん

その絵を初めて見たのは、いつだったでしょう。

窓辺にカラフルな容器の洗剤や柔軟剤が並んでいて、その下に、ピンクの洗濯かご。窓が暗いので、おそらく夜でしょう。ありきたりな日常の風景を切り取ったその絵から、なぜか視線をそらすことができませんでした。

描いたのは、新潟市秋葉区旧新津市出身の画家、井田英夫さんです。

個展を開催すると聞いてインタビューをお願いし、初めてお会いしたのが3年前のこと。梁に頭がぶつかりそうな背丈と大きな手のひら、おっとりとした口調と澄んだ瞳が印象的でした。

その後も何度か番組に出ていただいたのですが、井田さんと話していると、話をまとめるということを忘れてしまいます。いい話を引き出そうとか、言い当てようとか、うまいことを言おうとか、そういうことがどうでもよくなります。

例えるなら、新緑の季節、柔らかい風が吹く大草原に、はだしで大の字で寝転んでいるような…つまりは安心で心地いい。心が解放され、自由になり、どんな自分でも認められ、許されるような気持ちになるのです。

広島県の呉市音戸町で暮らしながら絵を描いていた井田さん。メールをやり取りしていたある日、こんなことがありました。訪問したいという人から昼ごろ電話があったので、掃除をして待っているのだけれど、約束の時間から2時間が経つというのです。連絡もなくそんなことをされたら、大抵はイライラして怒り出すものですが、井田さんのメールには「きっとこのまま来ない気がするのですが、家もきれいになり、本の続きが読めたりと、「イイ午後でした」とありました。

　ハンガーに掛けられた青いTシャツ、風呂場のシャワー、洗濯バサミで止められた靴下やタオル、さっきまで寝ていた乱れた布団、夕暮れ時に影を作る電子レンジとその上の炊飯器。そんな、普段当たり前にそこにあって、わざわざ目に留めるでもないことを丁寧に見て、優しい色で描いた井田さんは、4月27日、44歳で亡くなりました。

　代わり映えのない日常は穏やかで幸せなことなのだということ、人は誰といても一人なのだということ、始まれば必ず終わるということ、だけど、今は確かにここにあるということ。

　井田さんの絵から、私なりにたくさんのことを受け取りました。

　亡くなった後、すぐにでもこうして井田さんのことを書きたかったのに、どうしても書けなかったのは、書いたら本当にお別れしなければいけなくなるという思いからでした。

　だけど、こうして書けた今、井田さんが前より近くなり、隣で頬笑んでくれているような気がしています。

（2020年5月22日掲載）

井田さんがメールで送ってくれる写真も、まるで一枚の絵のようでした。これは一昨年の3月14日、病室から撮った一枚だそうです。「病院敷地内の桜が開花しましたよ！　いつも一番早く咲く桜で、他が満開の頃には、散っているそうです。海には、海上自衛隊の艦船などが。今日も、体調は万全です。久しぶりに風呂にも入れました」と添えてありました

29 残念さも味わいなのか

——変な店

ここ何カ月かの自粛要請で何がつらかったって、みんなで飲みに行けなかったことです。

テイクアウトを利用しましたが、やはりお店の味というのは、店の雰囲気やおやじさんの人柄などとセットなんだなあと、思い知らされました。

そこで今回は飲食店の話です。私はもちろん料理が美味しい、くつろげる雰囲気のお店が好きですが、ごくまれに巡り合う、変なお店も大好きなのです。

例えば以前行った横浜中華街で入った店が独特でした。行列を避けてすいている店を選んだのですが、自動扉が開くと、お客さんがそこそこ入っているのに、手を打てば残響がするくらい、店内が静まり返っていました。

そして席に着き、メニューを眺めながら周りを観察すると、皆一口食べては、はて？　と首をかしげ、悲しそうな顔で、無言で箸を口に運んでいます。私たちは、チャーハンとエビチリ、チンジャオロースを頼み、やがてそれが運ばれてきたのですが、一口食べて全てが分かりました。まずいんです。何がどうということではなく、とにかく明らかに正々堂々まずいんです。思えばあの店、中華料理店特有の音すらしませんでした。シャー！　ゴンゴン、ジュワー！　という炒める音や、中華鍋とお玉が触れ合う音が一切…。どうやって作ったんだろう。厨房は防音仕様なのでしょうか。

また、東京のとある居酒屋に行った時の話。まず、お客さんが私たちと他一組しかいないのに、料理が出てくるのが異常に遅いのです。しかもその料理とは焼き肉です。牛を仕留めに行くところからだったのでしょうか。厨房の奥から聞こえてきた「わあっ！」という男性の低い叫び声も気になりました。ラストオーダーで頼んだ「アボカドとエビのマヨネーズあえ」は、とうとう最後まで出てきませんでした。

　支払いの時、人の良さそうな店長から「すみませんでした。これ、お詫びに…」と渡された、シークワーサー味のでっかい缶ジュースも、荷物になって迷惑でした。小さいカバンに入らず、シーサーのイラストがデザインされた缶を、隠すように手に持ったまま山手線に乗って帰りました。

　しかしこのようなお店に出合うと、よくぞ生き残っていると拍手を送りたくなります。今、日本の飲食店のレベルは軒並み上がっています。そんな中で、あの中華料理店のように、これはまずいと胸を張って言える店ってある意味貴重です。一口食べて一瞬がっかり悲しくなるものの、二口、三口と食べていくと、ああ、そこはかとなくまずい。一体何をどうしたら、こんなにまずい味が作れるんだろうと、逆に興味が湧きます。

　何はともあれ、新潟の飲食店の皆さん、あともう少しです。どうか踏ん張ってください。

（2020年6月12日掲載）

北海道知床で見た看板です。愉快なご主人のいるお店なんだろうなあ。「あなたが来なけりゃお店がパー」も付け加えてはいかがでしょう

30 〝暴動〟心配されるほど

――あと5日

泣いても笑っても、あと5日でFM PORTが閉局。20年の歴史に幕を閉じます。であれば、「モーニングゲート」は最後まで笑ってその時を迎えたいと思っていますが、最終日の放送のことは、ここにきても全く決まっていません。

日付が変わるまで生放送で特別番組をお送りしますが、変わった途端にサーッという砂嵐的な状態になるのでしょうか？　それも全く予想がつきません。

ただ、放送終了後も一週間さかのぼって聴けるｒａｄｉｋｏのタイムフリー機能で聴くことはできないそうなのでご注意ください。そのためか、「6月30日は休みを取った」というリスナーさんが結構いて、それはそれで恐縮です。

私はこれまで同じところに2年以上勤めたことがなく、放送局を転々としてきました。ところがこのＦＭＰＯＲＴは、開局から携わり、まさかの最後にも立ち合うことになりました。

社員ではなく番組契約のフリーランスですが、立場は関係ありませんでした。新潟に新しい風を吹かせようと、気概ある方たちが力を出し合って設立したこの独立局が大好きでした。

開局当初は、生放送中にスタッフがニュース原稿を手で書いて随時入れ、リポーターは1番組で中継先を3軒はしごして街の動きを伝えました。私は新潟の朝の音を集めて送る番組を担当していたため、午前3時ごろから取材に出掛ける日々でした。

認知度がなかなか上がらず、スポンサーも簡単には集まらず、順風満帆の船出とはいきませんでしたが、わずかワンフロアの放送局は、皆の活気で満ちていました。それは閉局を控えた今も変わりません。

私が番組で大切にしてきたことはいくつかありますが、まずいつもそこに「居る」「在る」ということです。つらく切ない夜を過ごしたとしても、朝がきてラジオをつければ毎日そこに私が居る、番組が在るということです。

次に「一緒に笑う」ということ。初めは役に立つ情報や、ためになる話題を心がけていましたが、それよりも、楽しく笑って新しい一日のスタートを切れる番組を作ろうと思うようになりました。大雪で渋滞した朝は、みんなで「頑張れ私の膀胱！」と唱え、励まし合いましたね。

ああ～こうして書いていても切ないです。「またどこかで会えます」とか、「別れがあれば新しい出会いもあります」とか、「始まれば終わるのです」とか、そんな物分かりのいい言葉でこの文章を締めくくることはできません。

あと5日。リスナーさんから「麻理さんが暴動を起こしそうで心配です」というお便りが届いています。

（2020年6月26日掲載）

毎朝このリバーサイドスタジオから番組をお送りしてきました。
こうなったらもう生き霊となってとどまります！

31 人生最悪で最高の一日

——閉局

FM PORTリスナーの皆さーん！　早いもので、お会いできなくなってから10日が経ちますが、お元気ですか？　しっかり寝ていますか？　食べていますか？　そして、ちゃんと笑っていますか？

FM PORTが閉局した6月30日は、大勢のリスナーさんの温かな思いをこれまでで一番感じられた、私にとって人生最悪であり最高の日でした。

いつものように朝6時に局に入り、最後の「モーニングゲート」を放送し、その後、番組に届いた約4千通のメールやファクスに全て目を通し終えたのが午後4時。そこから、夜8時スタートの閉局特番の準備をしてそのまま生放送に突入。終わったのが停波の深夜0時という怒濤のスケジュールでした。

取材に来たテレビ各局が閉局後の私をカメラに収めてくださいましたが、ご覧になりましたか？　あのすっぴんフェイス。めったに思わないことですが、私はあの時の自分の顔が好きです。ハリとツヤがあった若い頃の顔よりも、きちんと化粧してシミやシワを隠した顔よりもずっといい。思いを全部出し切った、目がしょぼくれた、47歳のありのままの姿を誇らしく思いました。

停波となるその瞬間、日々放送していたリバーサイドスタジオのいつもの席に座っていられたことは、とても幸せでした。そして深夜0時、ヘッドフォンからの音が途絶えたその時に初めて、それまではどうしても納得できなかった「終わり」を実感しました。その感じを一言で表すならDEATH（死）…です。

その後は、スタッフとお疲れさま会をすることもなく、いただいたたくさんの手紙やプレゼント、花束を車に積み込んで、土砂降りの雨の中を帰りました。

シャワーを浴びて缶ビールをプシュッ。これまでの起床時間まで飲み倒してから寝てやりましたよ。

それからの日々なのですが、夜9時就寝の習慣があっという間になくなり、11時くらいまで起きています。「それでも朝はいつも通り、5時に目が覚めるんだろう」なんておセンチな気分で床についても、8時半ごろまで爆睡です。

好きなだけ飲めて、好きなだけ寝られる不摂生な毎日…そんな私の最悪で最高の日々は続きます。

リスナーさんにいただいた枝豆の苗はどんどん育ち、間もなく実がなります。ユリの球根も大きくなってもうすぐ花が咲きそうですよ。

FM PORTという場所がなくなっても、これまでのあなたとの20年はなくならないし、いつまでも心に残るどころか、豆やユリのように私の中でグングン成長しています。その気持ちを大切に育てながら、いつかまた会える日を楽しみにしています。

今日も笑顔で一日を。

（2020年7月10日掲載）

最後の日の夜、雨が降る中、ビルの外に集まってくださったリスナーの皆さん。スタジオに向かってスマホの明かりを振ってくれました。これほどきれいで優しい夜景は初めてでした

32 力の限り跳びはねたい

――新天地へ

2000年11月15日

今日はご報告と、ずーっとお話ししようと思っていたことを書きます。この度、新潟に来月開局予定のFM PORTに行くことになりました。テレビ局を辞めた後、コミュニティーFM局に2年間勤め、喋り手としてはまだまだ未熟ですが、精いっぱい頑張るつもりです。

テレビ局でアルバイトをしていたある時期、私はいつかやってやる！　と意識するようになりました。あの頃は、惨めでした。布のアイロンがけが嫌だとか、アナウンサーの衣装をデパートに借りに行くのが嫌というのではありません。自信も実力も全くない自分が本当に嫌で嫌でたまらなかったのです。そんな時、みんなで飲みに行く機会があって、ピアノのあるバーでオフコースを弾いてくださいましたね。そこで私の顔を見て、真剣にこうおっしゃいました。「プライドを持たないとダメだ」と。

その頃の私は、「私なんかどうせ」と思っていました。誰からも気に留められず、いてもいなくても良い存在と思っていました。いじけていたんです。でも、誰がそうさせてるんだって、やっぱり自分自身だったんですよね。そんな私に一生懸命お話ししてくださって、すごくうれしかったです。もう一度、自分が本当にやりたいことを考えてみよう。そして、それに向かって精いっぱいの努力をしてみよう。いつかやってやる！　と決心したのは、その時です。

言葉は、それを発した本人が意識しなくても、受けた側の心にポンと収まることがあります。あの時いただいた言葉がまさにそうでした。その言葉を胸に、コミュニティーFM局では、自分で言うのもなんですが頑張りました。必死でした。やれと言われたことに決してノーは言いませんでした。結果的に、それが血となり肉となり、今ではかけがえのない財産です。そんなこんなで最近やっと、プライドを持って仕事ができるようになったのです。

「目に理想の天を仰ぎ、足に現実の地を踏む」。これは、ゲストでお迎えしたおじいちゃんが旅立ちを祝して、色紙に書いて送ってくれた言葉です。この言葉を端的に表しているのが、ガマガエルだそうです。そう、私はガマガエルのごとく、これからも、人に笑われようと、ぶざまだと思われようと、ぴょんぴょんと天に向かって跳びはねていくつもりです。

遠藤麻理

× ×

これはテレビ局時代にお世話になった人へ、20年前に送ったメールです。FM PORT閉局の日に「今のあなたに今必要なのは、20年前の自分自身の言葉です」の一言を添えて送り返してくれました。

8月3日、BSNラジオで「四畳半スタジオ」がスタートします。年を重ねたガマガエルは、これからも力の限り、ぴょんぴょんと跳びはねる所存です。

（2020年7月24日掲載）

FM PORT閉局の日に、番組宛てに届いたメールの束です。皆さんからいただいた言葉を、大切にしっかり胸に抱いて、新しい場所でもゆるっと頑張ります！

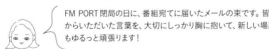

33 四畳半の感じで気楽に

――新番組

人生には何があるか分かったもんじゃありません。6月、長年連れ添った伴侶から一方的に別れを告げられ、深い悲しみに打ちひしがれました。

「なぜ！　なぜこんなに相性がいいのに別れなければならないの！　やだ！　絶対にやだ！　あなたは私の全てなのだから！」と叫んでも届くはずもなく、絶望の淵に立たされた私は自暴自棄になりました。

しかし、捨てる神あれば拾う神ありとはよく言ったものですね。現在の伴侶が優しく手を差しのべてくれて、恐る恐るつかんでみると、それはとても柔らかで温かく、冷たく凍った心がみるみる解けていくようでした。

開局から20年一緒に過ごしたFM　PORTが6月いっぱいで閉局し、8月からBSNラジオで番組を担当しています。FM　PORTでは朝の番組でしたが、今度は午後1時スタートの「四畳半スタジオ」です。新潟の朝と離婚して昼と再婚した、そんな気分です。

実は昔、BSNラジオのリポーターのオーディションを受けたことがあります。大きな会議室で面接が行われ、前には面接官の方々がズラ～ッと並んでおられました。そこで出されたお題が、「この窓から見える景色をリポートしてください」というものでした。

「新潟市中央区川岸町の川沿いにある本社の窓から見えるのは、やすらぎ堤と信濃川…」それを言っても面白くないしな～と思った私は、「あー！　川の向こうにTeNYテレビ新潟さんの高くて立派な電波塔が見えますね～！　BSNさんとどっちが儲かってるんでしょうかね～」と言いました。ここでドッカーンと笑いが起こるはずでした。しかし、会議室は水を打ったような静けさに…。それが理由か分かりませんが、まんまと落ちました。今思うと、ぜっんぜん面白くないですしね。若気の至りです。

それから25年ほど月日は流れ、今こうしてBSNラジオのスタジオで喋っているのですから、本当に、人生は何が起こるか分かりません。

「四畳半スタジオ」というタイトルには、全てのものに手が届くこぢんまりした畳部屋で、のんびりゆったり気楽に過ごそうという意味を込めました。

どんなことをしているかと言いますと、例えば「ラジお見合い」。公共の電波で私と誰かがお見合いをするというコーナー（パンクするくらい希望者が殺到するかと思ったらそうでもなくて…どういうこと！）だったり、マリモッコリマリ先生による、解決に導けない人生相談のコーナーだったり…と、はっきり言って迷走していますので並走してください。

昼下がりの四畳半で、あなたのお越しをお待ちしております。

（2020年8月14日掲載）

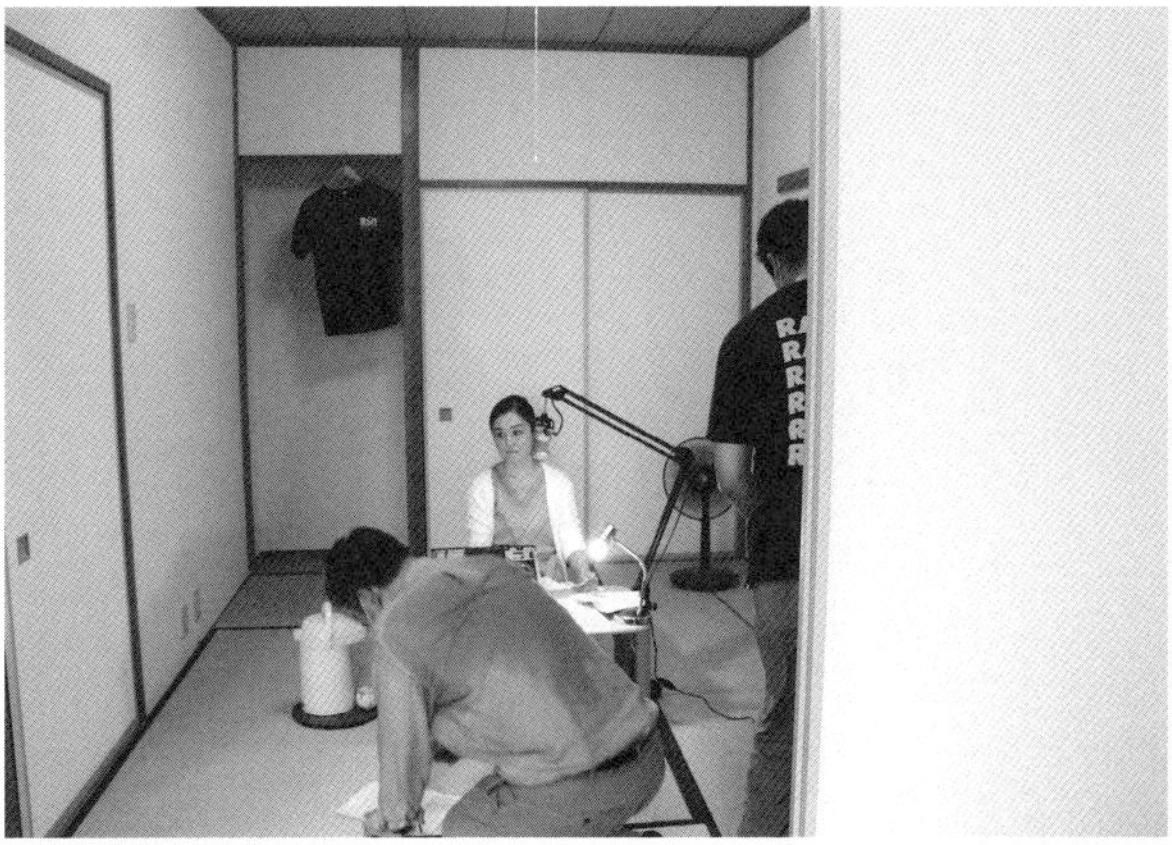

「四畳半スタジオ」のコマーシャルは、実際に畳部屋で撮影しました。ラジオ放送部の吉井部長自ら、汗びっしょりになりながら、何度もふすまを開け閉めしてくれました

34 世の中組み合わせ次第

――相性

先日、レストランで、恋人同士と思われる若い二人の隣に座りました。やがて料理が運ばれてきたようでしたが、気にせず本を読んでいると、隣から「あたしー、グリーンピースきら～い」という声が聞こえてきて、ちらりと目をやると、彼女がグリーンピースをよけて食べていました。

そのメニュー、何だと思いますか。「グリーンピースとコーンのバター炒め」ですよ。天津飯の上にちょこんとのっているグリーンピースをよけてるんじゃないんです。コーンとグリーンピースしか入ってない炒め物です。「なんで頼んだ!?」と、心の中で突っ込まずにはいられませんでした。

アレルギーなどで食べられないものがあるのは仕方がありません。食べ物の好き嫌いがあることや、時には残してしまうことも否定しません。苦手なものは誰にでもありますし、満腹にだってなりますから。

そうではなく、嫌いなものがあることや、残すことを自慢げに主張する人、たまにいませんか？　そういう人に限って、エビフライの尻尾をムシャムシャ食べる人を見て目をまん丸くしたり、しじみ汁のしじみの身をほじくって食べる人を見て「それって食べるもの？だしじゃないの？」と言ったり、南蛮海老の刺し身の頭をチュウチュウ吸う人のことを「引くわ～」って目で見たりするんですよ。悪かったな。

私自身は「出されたものは何でも食べる。そしてなるべく残さない」をモットーとしていて、嫌いな食べ物も特にないのですが、実はミョウガが苦手でした。食べられるけど食べなくてもいい、いやむしろ食べたくないものでした。

だって、ミョウガの自己主張ったらすごいじゃないですか。主に薬味として使われることが多いですが、薬味って本来、主役を引き立てるものなのに、ミョウガの場合はおかまいなしに全部持っていきます。もうミョウガの味しかしません。協調性のかけらもないのです。

と、思っていたのですが、最近ある人に「ミョウガの梅あえ」なるものを教えてもらいました。千切りしたミョウガとたたいた梅干しを交互に敷き詰めて冷蔵庫で寝かせるだけです。するとどうでしょう。あの自己中心的だったミョウガが梅とよーくなじんで、これまでにない柔和な表情を見せるではないですか。

これはご飯のお供になりますし、冷や奴にも合います。一緒になる相手によって、優しくもなり傲慢にもなる…人間と一緒ですね。

レストランの隣の席では、彼女がはじいたグリーンピースを、彼が美味しそうに食べていました。この二人も、きっとミョウガと梅のように相性ピッタリなのでしょう。

（2020年8月28日掲載）

ミョウガの梅あえと、豚肉巻きです。今のところ、ミョウガの協調性を引き出せる料理はこれだけです。でも、ミョウガ好きな方は、あの独特の風味がたまらないのでしょうね！

35　まぶしい姿 乙女心刺激

――観戦

スポーツがとにかく苦手です。

幼い頃から、かけっこはビリッケツ。小学生時代、運動会の１００メートル走がイヤで、始まる前にトイレに隠れたこともありました。

いまだに逆上がりができませんし、自転車も前傾姿勢を強いられるスポーツタイプのものは怖くて乗れません。このタイプって、サドルの前に棒があるじゃないですか。乗る時も降りる時も、足を後ろに上げるんですよね。以前、友人のロードバイクで、前からまたいで降りようとして転倒し、流血騒ぎとなりました。

もちろん、泳げません。中学校のプールの時間に一生懸命クロールをしていたら、息継ぎを見た先生が溺れていると勘違いして、走り寄ってきた時は惨めでした。

ただ、体育の時間に一つだけリーダーになれたのが「創作ダンス」です。中学3年の時には、私たちのチームが学年代表になり、文化祭のステージで踊りました。ブルマー姿で、頭にストッキングをかぶって…。ダンスのタイトルは「リバティー」。ストッキングを履くのではなくかぶることで何者にも束縛されず常識にとらわれない自由な心を表現したのです。みんな、思春期によくやったと思います。

見るのはどうかというと、相撲は大好きですが、プロ野球に関しては、ヤクルトスワローズの笘篠ブームで止まっています。

そんな私に、サッカーを見に来ないかと声をかけてくれた人がいます。彼女はアルビレックス新潟レディースの元選手で、なじみの居酒屋で知り合ってからの付き合いです。たまには行ってみるかと、ビッグスワンスタジアムに出掛けました。

対戦相手はＩＮＡＣ神戸。リーグ屈指の強豪です。結果、先制されてからの逆転勝利ですよ。いや〜興奮しました。アルビレディースの選手たちがボールを蹴る度に、私の足もピョコンと反応していました。

また選手たちがかっこいいんです。見ていて気が付いたのですが、これは宝塚歌劇団の男役にときめく、あの感覚にどこか似ているような気がします。

次のホーム戦で、足をピョコピョコさせている女がいたら、それは私です。お声がけください。一緒に応援しましょう。

（２０２０年９月11日掲載）

©ALBIREX NIIGATA LADIES

逆転勝ちした選手たち。ひたむきに全力で勝利をつかみに行く姿がまぶしかったです

36 服のままで入っちゃえ

――夏の海

夏が大好きなので、毎年この時季になると夏が終わるのを認めたくないと駄々をこね、サンマはまだ食べない、まだ海で泳ぎたいと一人でジタバタ騒いでいますが、このところの空、田んぼ、匂い…もう完全なる秋です。認めざるを得ません。

夏は、海での2泊3日のキャンプが毎年の恒例行事です。灼熱の太陽の下、汗だくになりながら浜辺まで道具を運び、テントを組み立てたら、まずは海にダイブ。上がって、缶ビールを開けてカンパーイ。その後は泳ぐもよし、本を読むもよし、釣りをするもよし、火をおこすもよし、波音を聴きながら物思いにふけるもよし。一年中で最も幸せを感じられる時間かもしれません。それが今年は、コロナウイルスの影響もあって断念。不発の夏でした。

ただ、キャンプこそできなかったものの、海へは2度行きました。そして2度とも私服のワンピースのまま海に入りました。「なぜ水着を着用しないのか」とあなたは言うでしょう。答えは簡単です。入るつもりがなく行ったからです。ちょっと海を眺めて、浜茶屋が開いていたらラーメンでも食べて帰るつもりでした。ところが、海を目の前にしたら、どうにもこうにも入りたくなって、我慢できずにドボンしたというわけです。

そんなことをしたら、あとが面倒なのは分かっています。着替えもないのですから、びしょぬれのまま車を運転して帰らねばなりません。でも私は飛び込みました。

大人になると、コストやメリット、合理性や採算性ばかりを気にして、本当はやってみたいのにやめたり、諦めたりすることが少なくありません。社会人になった今、それは仕方のないことなのかもしれませんが、むこうみずだった若かりし頃を思い出しては、時々悲しくもなるのです。

電車が止まってしまった夜、徒歩とヒッチハイクで恋人に会いに行ったあの日。今度いつ会えるか分からない仲間たちと、翌日が締め切りの課題を置き去りにして、オールナイトで飲み明かしたあの日。

今も時々、「ぜーんぶ投げ出して、どこかに旅立ちたい！」と思うことはありますけれど、行動には移しません。

だから海くらい、飛び込みたい時に飛び込んだっていいじゃないと思ったのです。海には水着着用で入るルールなんてありませんし、入ったからって誰にも迷惑をかけないのですから。

ためらうことなく入水すると、たちまち頭からザップーンと波にのみ込まれました。

「これ、これ…」と呟いて、波間に漂いながら、大満足の夏の終わりでした。

（2020年9月25日掲載）

飛び込んだ後の全身びしょぬれの私を、友人が遠〜くから撮ってくれました。関わりたくなかったんでしょうね

37 値付けの怪 推理は巡る

――目玉焼き定食

町なかのさもない食堂が好きなのですが、この間入った店のメニューに「目玉焼き定食　９５０円」とあって驚きました。

他の値段を見てみると「肉入り野菜炒め定食」が千円、「焼き肉定食」が１０５０円です。この価格のバランスはどういうことなのでしょう。

卵なんてスーパーで買ったら1パック２００円程です。一方は肉を使った定食なのに、わずか50円から１００円の差しかないなんて。そこにサラダとおしんこがついたところで、到底肉には追いつけないはずです。

あらかじめ断っておきますが、私は「たかが卵ごとき」とは思っていません。鶏には本当に感謝しています。卵は大好きで、冷蔵庫から切らすことはありません。目玉焼きはもちろん、卵かけご飯、ゆで卵、卵焼き、オムレツは大好物。また、あらゆる肉の中でも鶏肉が一番好きですし、特に鶏に申し訳ないと思うのは親子丼ですが、これも大好きです。鶏には頭が上がりません。

ですから、決して鶏卵を見下しているわけではないのです。あくまでも、あの店の価格設定がおかしいのではないかという問いなのです。

ではなぜ、あの店で「目玉焼き定食」が幅を利かせているのか、その理由をいくつか考えてみました。

（1）使っている卵が高級

いつもスーパーで買うような10個入って２００円、お買い得デーには１００円になる卵ではなく、私たちが普段食べられないような高級卵で作った目玉焼きである可能性です。ネットで調べてみると、化粧箱に入った10個入りの卵が8千円で売っていました。これを使えば1個８００円ですからね。

（2）卵割りに失敗するリスクに対する心的負担代

目玉焼きといえば誰もが作ったことがある、味付けも特に必要ない簡単な料理です。ただ、フライパンに割る時に黄身が崩れてしまうリスクをいつも抱えています。家庭で作って食べる分には崩れてもいいですが、お店で出す以上、ビジュアルも値段に含まれていますから、崩れた目玉は出せません。それはもしかしたら料理人にとってかなりの心的負担になっているのではないかという考察です。

（3）卵が高級だった時代の名残

江戸時代、卵は殿様や武士、豪商が食べる高級料理だったようです。かけそば1杯16文だった当時、ゆで卵1個は20文したという文献もあります。庶民にとって高根の花でした。その名残を今も引きずっているのかもしれません。

さて、その食堂で食べた「目玉焼き定食」ですが…と締めくくりたいのですが、750円の五目ラーメンをいただきました。美味しゅうございました。

（2020年10月9日掲載）

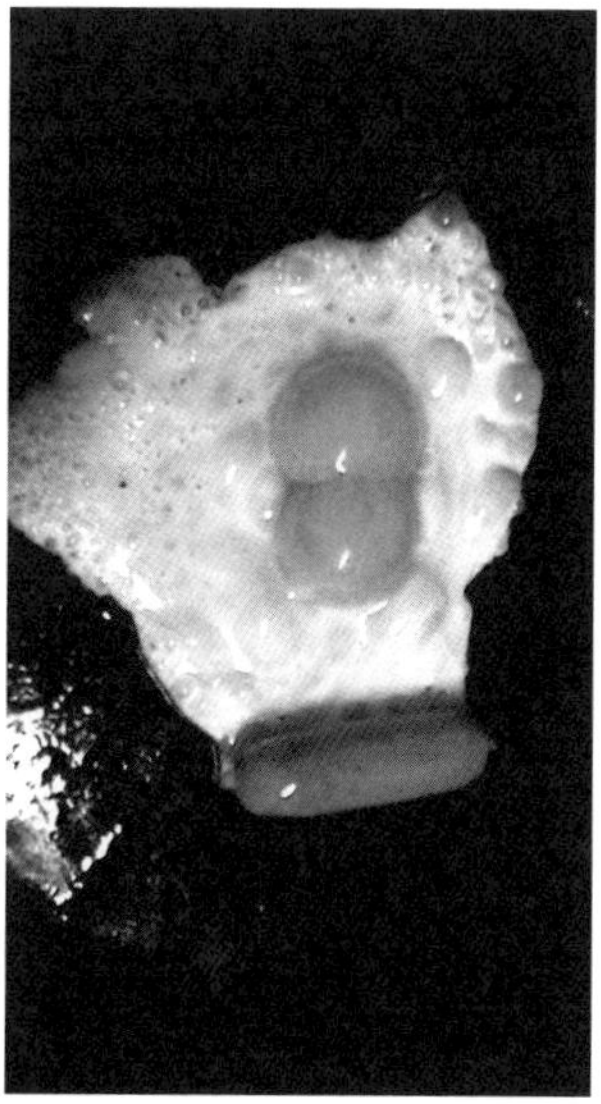

これは割ったら出てきた双子卵。あなたにも、ラッキーをお裾分けです！

38 ちんこの由来 真相は…

――猫の名前

秋が深まってまいりました。猫が飼いたくて飼いたくて震えています。

私は動物が大好きで、幼い頃からいろんな生き物と暮らしてきました。小鳥は、一時期10羽ほど同時に飼っていましたし、野生のコウモリを虫取り網で捕まえて段ボールで飼ったりもしました。

大人になった今、毎年シーズンになると知り合いからモクズガニをいただくのですが、「モモ」「クズオ」などと名前をつけて、まずはクーラーボックスに入れて飼います。その後、このまま飼うべきか逃がすべきか、はたまた食うべきかと散々迷って結局食すのが毎年の恒例行事となっています。カニとはいえ、しばらく一緒に暮らした仲ですから、鍋に入れる時は胸が痛みます。しかしこれが、とっても美味しいんです。

ヒキガエルも一時期飼っていました。名前は「万太郎」です。彼がまだ小さい頃は毎日公園に行って、石をひっくり返しては虫を捕まえて与えていました。やがて大きくなってくると、ペットショップでコオロギを買って与えました。ヒキガエルは哲学者のような相貌で、眺めているだけで思考の海へといざなわれます。

そして現在、キッチンの天井にいるアシダカグモと暮らしています。最初は怖かったものの、これまた「モッくん」と名前をつけてみたら愛着が湧いてきて、今では朝夕の挨拶を欠かさず、仕事の愚痴も聞いてもらっています。

さて、そんな私が今一番飼いたいのは、冒頭にも書きました。猫です。

子どもの頃に家で飼っており、必ず名前を聞かれたのですが言うのがためらわれました。なぜなら、その名は「ちんこ」だったからです。名付け親は、当時うら若き乙女だった叔母です。なぜそんな名前を付けたのか、本人に確かめることができないまま時は過ぎました。

ところが先日、久しぶりに「ちんこ」の話になった時、ある方がこうおっしゃったのです。「それは、小さいって意味の方言だよね」と。

なんでも、その方は昔、二人のおばあさまと同居していたそうで、家族は皆、年長の大きいおばあちゃんを「おーもばあちゃん」、おーもばあちゃんより若く小さいおばあちゃんを「ちんこばあちゃん」と呼んでいたというのです。生まれは新潟市中央区学校町だそうです。

そういえば「ちんこたん」とか「ちんこたい」という言い方もしますよね？

叔母に確認はしていませんが、わが家で飼っていた猫も、その「ちんこ」であることを祈ります。

（2020年10月23日掲載）

一瞬「90円のペットって？ 何の生き物！？」と思いましたが、ペットボトル飲料の値段でした

39 悪夢対策 音楽の癒やし

――動画

「鬼滅《きめつ》の刃《やいば》、見た？」がここ最近の挨拶みたいになっているようですが、あなたはご覧になりましたか？

以前、小学生の男の子が「竈門炭治郎《かまどたんじろう》」というラジオネームで番組宛てにお便りをくれた時、「かっこいいラジオネームだね。自分で考えたの？　難しい漢字使ってすごいね」とコメントしたら、スタッフに「鬼滅の刃という漫画の主人公の名前です」と指摘されました。しかも「かまどすみじろう」と読み間違えました。ということで、「鬼滅の刃」は見ていません。

私のブームはいつも少し遅れてやってきて、今ドラマで夢中になっているのは昨年（2019年）地上波で放送していた黒木華さん主演の「凪《なぎ》のお暇《いとま》」です。最近プライムビデオで見つけました。しかし、このタイトルも「タコのおひま」と読み間違えていました。

そしてもう一つ、今の私のお気に入り…それは眠りを助ける癒やしの音楽動画です。

そもそものきっかけは、少し前から恐ろしい夢にうなされるようになったことです。その夢とは、怖い人に覚醒剤を打たれそうになるというものです。

毎回ストーリーがあって、それなりに脚本が良くできています。悪者との知恵比べは手に汗握る展開なのですが、ピンチになると必ず相手が注射器を出してきて「ヒィ～！」となってガバッと起きると、心臓がものすごくドキドキしていて、目覚めは最悪です。

これを、知人に相談したところ、「普段奔放な生活をしている人ほど、この一線を越えたらダメだという変な道徳心が無意識に働くものだよ。その象徴が、マリの場合はシャブなんだね」…だそうです。うーん。分かったような、分からないような…。つまりは、この一線を越えたら私はもうおしまいだと思っている行為が、覚醒剤を打つことなのでしょうか。

　とにかくそれから心地いい眠りを手に入れるために何かいい方法はないかと模索し始め、手っ取り早くたどり着いたのが、聴くと癒されるという音楽動画なのです。

　まずその再生数に驚きます。そしてコメント欄を見ると、各々が悩みを打ち明けていたり、誰かを励ましていたりして、みんなそれぞれに自分の人生を頑張っているのだなと実感できます。

　音楽動画の中には「壊れたDNA細胞を修復する」とか、「宇宙銀行からお金を引き出す力のある音楽」などという眉唾ものもあることにはあるのですが、それでも助けられている人がいれば良いのではと思います。

　ちなみに「90秒以内に確実に眠れる」とうたっているのになぜか2時間を超える動画もあります。


（2020年11月13日掲載）

「覚醒剤を使用するとこうなります」との説明文に添えられていた恐ろしいイラストです

40 すごいな〜と思う人々

——憧れ

先日、ラジオ局にて。番組スタッフが「これからインフルエンザの予防接種なんですよ」と言った後、「で、明日のゲストの件なんですけど…」と話を続けました。

なぜなんだ…と私は思いました。これから注射を控えている人間が、なぜ明日のゲストの話などできるんだ…と。私ならもう打たれる恐怖で頭がいっぱいで、他のことなど考えられません。

保育園の集団予防接種の時は、毎回、園内を逃げ回りましたし、小学校高学年の時は、順番の列に並びながら本当は注射が怖くて泣いていたのですが、さすがに恥ずかしいので、家で飼っているインコが死んだことにして悲しみの涙と偽りました。

とにかく注射が苦手なのです。ですから、注射を目前にして平然と他の話ができるスタッフを心底尊敬します。

普段生活していて、すごいな〜と思う人は他にもいます。

例えば、イタリアフェアで買ってきた何千円もする高級オリーブオイルをニラレバ炒めに使う友人です。そのオリーブオイルは本来、カルパッチョだのカプレーゼだの小洒落た名前の料理にそのままかけたり、パンを浸したり、サラダのドレッシングに使ったり、オリーブオイルそのものの味を楽しむべき代物なのに、彼女はためらうことなくニラレバ炒めに使ってしまえるのです。その大胆さに憧れます。

また、買ってきたばかりの外出用のズボンを、履き心地がいいからと部屋着にしてしまう人にも憧れます。履いたままあぐらをかいたり料理をしたり…そんなことしたらズボンの膝が出るし、しょうゆが飛び散ったりするかもしれないとこちらは気が気ではないのですが、当の本人は「いい買い物したな」とご満悦。その大ざっぱなところに憧れます。

以前、とある研修旅行に行った時、メンバーに当時70代の女性がいらっしゃいました。ちゃきちゃきとした明るい方で、周りから「あねさま」と呼ばれ慕われていました。

宿に着き、まずは皆で一杯やろうということになり、瓶ビールで乾杯すると、そのうちあねさまがご自身のこれまでについて語り始めました。聞けば、若い頃夫と離婚し、女手一つで子ども三人を育て上げたのだそうです。いつも笑顔で元気なあねさまにも、いろんな苦労があったんだなあと聞き入っていると、突然、「ほんに苦労したっけ、乳もこんげんなったて!」と言ったや否や、浴衣をはだけて、ご自身のなま乳をお出しになったのです。その場にいた当時20代の男性は目を見開いて、口に含んでいたビールを「ブッフォ〜!」と吹き出しました。他、ポカーン。あねさまは、何事もなかったように乳を収められました。

私もいつかあねさまのように、堂々とした人間になりたいと思ったものです。乳はしまっておきます。

(2020年11月27日掲載)

こちらは、テレビやラジオでおなじみの「さとちん」です。いろんな意味で、すごいな〜と思う友人です

41 酒あればテレビだって

——進む道

今、ラジオの仕事をしていますが、もともとはテレビ志望でした。高校生の時にテレビ局が募集した「夏の高校野球新潟大会」のスタンドリポーターを体験した時、「こんなに楽しいことでお金をもらえるなんて！」と感動し、迷わず進む道を決めました。

子ども時代の私は少し変わった子で、「学校で宿題が出ました！」と嘘をついて、商店街のお店を一軒一軒回り、何を売っているか、いくら儲かったかなどを取材していました。リポーターという仕事は、小学生の頃にやった、まさにそれでした。

当時のディレクターは、誰に何を聞くのか、どうまとめるかを高校生の私たちに任せてくれたので、自分で工夫して組み立てる面白さや、自分の言葉で伝えられた時の喜びも感じられたのだと思います。その後、社会人となってテレビ局でアルバイトをしていた時期も、ずっとテレビで働きたい、テレビで伝えたいと思っていました。

ところが、ふとしたきっかけでラジオの世界を知り、ラジオの魅力に目覚めてしまったのです。なんといってもラジオは自由です。テレビより制限なく発言できます。また、化粧をしなくてもいいというのが素晴らしいです。いや、ラジオでもちゃんと化粧をしている方は大勢います…というかみんなしています。しかし、私はほとんどしません。冬は部屋着のようなちゃんちゃんこを羽織って放送していますし、私にとって身も心もほとんど素で臨めるメディアなのです。

そしてラジオでは、声が評価されます。以前テレビに出た時、それを見たラジオのリスナーから感想が寄せられたのですが、すべてが顔についてでした。「麻理さんはテレビはダメだってば！」とはっきり書いてこられた方もいらっしゃいました。

　そんなこともあり、ラジオでいこうと決意すると同時に、完全にテレビが苦手になってしまいました。カメラを向けられると、普段の私でいられないのです。テンションが上がらない、面白いことが思いつかない、笑顔が不自然で不気味…地獄です。

　そんな私が、今度BSNテレビに出ます。それも大の苦手の食レポ系。先日、ロケに行ってきました。少しでも痩せておこうと2週間前にウオーキングを始め、汚いものを出しておこうとロケ前日にはサウナに入りました。そして当日はパックをし、化粧を施し出掛けたのですが、やっぱりカメラのレンズを堂々と見ることができませんでした。

　でも、助かったことが一つだけありました。それは、酒を飲んでもいいロケだったということです。酒を味方につけ、緊張が少しほぐれました。お店の皆さん、手酌でガバガバ飲んですみませんでした。


（2020年12月11日掲載）

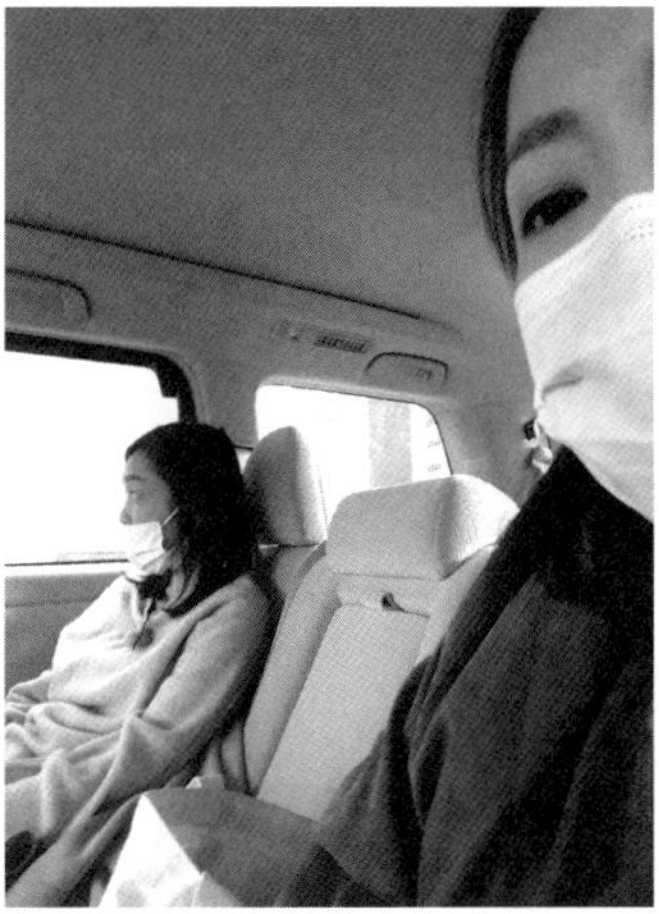

今回ご一緒したフリーアナウンサーの伊勢みずほさんが、ロケバスの中、ゆううつな気持ちで外を眺める私を撮っていました。吹き出しをつけるなら「お面かぶるのはダメなのかな…」。みずほさんにいっぱい助けていただきました

42 汚れた純白のマフラー

――クリスマス

一人っ子なので、子ども時代は食べ物を独り占め、プレゼントも豪華で、さぞかし甘やかされて育ったのだろうと思われがちですが、一人っ子がみーんなそうだと思ったら大間違いです。

私は祖母に育てられましたが、ものすごく厳しくて、おねしょをすると全裸にさせられて、真っ暗な押し入れに閉じ込められました。泣きながら「もうしません」と土下座をして許しを乞うたこともありました。呼び方も「ばあちゃん」では叱られ、「お」を付けることを強いられました。

ぜいたくなクリスマスを過ごした記憶もありません。プレゼントは、スーパーに売っているお菓子がつまった長靴。ケーキはホールで買ってもらったように記憶していますが、決してでかくはありませんでした。

そういえば甘くロマンチックなクリスマスも、とんと縁がなかったです。クリスマスイブ、コンビニで自分用の大量の酒とつまみを購入した際、「お箸は何膳ご入り用ですか?」と聞かれ、とっさに「に…二膳お願いします」と意地を張ったあの日。やっと彼氏ができて二人で過ごす初めてのクリスマスとなるはずが、インフルエンザにかかってしまい、たった一人で、立ち上がることさえできず、部屋をほふく前進したあの日。

プレゼントに関しても苦い思い出があります。ある年のクリスマス。つかず離れずの友達以上恋人未満の彼から、とうとうデートに誘われました。でも、若い時ってなんでそんなことするんだろう…って行動をしてしまうものですよね。友人を待ち合わせ場所に行かせて、彼が用意してくれていたプレゼントを受け取ってきてもらったのです。彼はとても寂しそうだったと友人は言いました。

きれいにラッピングされた包みを開けてみると、そこには純白のマフラーが…。もううれしくてうれしくて。次に誘われた時には必ず巻いて行こう、それまでは決して巻かないぞと決めて大切にしまっておいたのですが、待てど暮らせど彼から連絡がくることはありませんでした。

そのうち、風の便りに彼に彼女ができたことを知りました。私は彼のくれた白いマフラーを箱から取り出すと、わんわんと声をあげて泣きました。マフラーに一粒、また一粒、涙が落ちていきます。そのうち鼻水も出てきたので、マフラーに顔を押し付けてチーンとかみました。真っ白で美しかったマフラーは、私の涙と鼻水とよだれで、あっという間にカッピカピになり、それをどうしたのか今となっては思い出せませんが、あの時の私に言いたいです。「自業自得だろ！」

メリークリスマス。誰かと過ごす方も、そうでない方も、どうぞ暖かくしてお過ごしください。

（2020年12月25日掲載）

ぼっちの味方のようなお店を発見しました！50代男性のリクエストってところが哀愁を誘います。おじさまにもサンタクロースが来ますように！

叔父の理髪店

「そろそろ引退かなあ」。77歳になる叔父が、指をさすりながら呟いた。

　叔父は地元で床屋を営んで来年で55年になる。修行時代も含めると、この道、実に60年。最近は指関節を痛め、テーピングをして鋏を握っている。中腰での立ち仕事もそろそろ限界なのだという。

　子どもの頃、私は叔父の床屋に通っていた。しかし高校生になると、周りの友人たちが、床屋ではなく美容室に通っていることを知った。

　顔剃りの後の温かいタオルは気持ちいいし、叔母が仕上げにしてくれる耳かきも好きだったけれど、自分だけ取り残されるような気がして、床屋には行かなくなった。

　それから長く通った美容室があったのだが、今年に入って美容師先生の事情で行けなくなり、髪はどんどん伸びる一方、さてどうしようかと思案していたところに、冒頭の叔父の一言だった。

　かくして私は、35年ぶりに叔父の床屋の椅子に座った。

　刈布が巻かれ、手入れの行き届いた鋏が耳元で軽やかな音を立て始める。鏡越しに見る叔父は真剣な面持ちで、ただただ手を動かしている。そうだ、昔から、お客さんとのお喋りはもっぱら叔母の担当なのだ。

　切り立ての髪は秋の風に揺れて心地よく、ささやかに人を幸せにしてきた叔父の理容人生に思いを馳せた。

　叔父は多分まだ鋏を置かない。いや、置かせない。なぜならしばらく私が通うと決めたから。

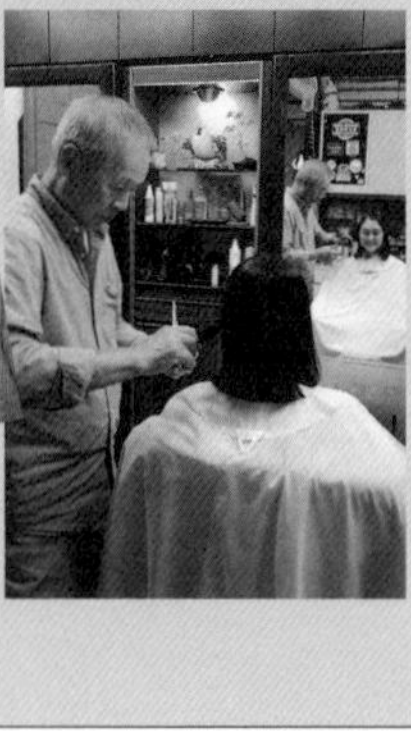

〈第3部〉

なるなるの法則 ―2021―

43 お重開けたら一面煮豆

――正月休み

新年を迎えました。お正月はいかがお過ごしになりましたか?

これまで約17年間、盆暮れ正月、祝日など関係なく、月曜から金曜はラジオの生放送でした。

それが今年は「5連休」ということで、一体何をしていればいいのだろうと不安でしたが、これがもうテレビ三昧でした。ラジオの仕事をしていてこんなこと言うのもなんですが、正月はやっぱりテレビですよ。これまで毎年気になっていた長尺番組を、今回は全て観ることができました。

年末年始の特番って録画をしておいて後で観るものではないんですよね。リアルタイムで、ダラダラしながらグダグダ観るものなんです。ただ子どもの頃は、それがいやでいやで…。箱根駅伝だって、人が走ってるのを見て何が面白いんだろうと思っていましたが、この良さは年齢を重ねて分かるものなんですね。

お正月といえば、思い出すのは祖母が作るおせち料理です。小学生の頃、冬休みに入りこたつで年賀状を書いていると、台所から豆を煮る甘い香りが漂ってきます。その香りで「今年も終わるんだな~」と子ども心にしみじみと感じたものです。わが家の煮豆はつやつやとした黒豆ではなく、煮崩れた金時豆だったのですが、それが美味しくって、煮えると「マリ、食べるかね~」と味見を運んできてくれるのが楽しみでした。また、お重そのものの美しさや、お重を開けた時に目に飛び込んでくる鮮やかさには心が浮き立ったものです。

それがいつ頃からだったでしょうか。ある年のお正月、お重の1段目をパッと開けたら、一面真っ黒でした。よーく見ると煮豆が、煮豆だけがそこに敷き詰めてあったのです。一瞬「え?」と思いましたが、大好物の煮豆ならまぁいいかと思い直して2段目をパッと開けたら、今度は一面黄色でした。そこには栗きんとんが敷き詰められていました。まさかね〜いやまさかまさかと半笑いで3段目を恐る恐る開いてみると、そこには赤と白のかまぼこが整列していました。「お〜！　紅白か！めでたいな〜！」…ってなるか〜い。完全に手抜きおせちじゃないですか。数の子はどこ行った？　エビは？エビよこせーと心で叫びました。それからは毎年そんな感じで、いつしかそれがわが家の定番おせちとなりました。

今年のお正月は、このようなご時世の上、最強寒波が来るというので、実家にも帰らずアパートに籠ろうと決めて大量の食料を買い込んだのですが、早くも元日の夜に尽きて、2日は飴と紅茶とミカンで過ごしました。

祖母の作る甘い煮豆をいつになく恋しく感じたお正月でした。

（2021年1月8日掲載）

2021年は丑年。知人は牛グッズコレクターで、面白いものをたくさん持っています。中でも私が気に入ったのが風呂に入っている牛です。お乳もちゃんとあるのがいいですね！

44　公開放送で待ってます

――先行販売

6月30日に書籍第2弾「自業自毒～平成とわたし史～」を出版した。その前日に先行販売サイン会で、書店を3店舗回った。

三条四日町、吉田、巻、各店100人を超える皆さんが来てくれた。

うれしかったのは、小中学生が一人で並んで買いにきてくれたこと。そのうちの一人は西川中学の子で、学校で私の講演を聞いてからずっとラジオも聴いてくれているそうだ。親子で4冊買ってくれた人もいた。家で取れたサニーレタスとキュウリをお土産に持って来てくれた人もいた。小さな子が私に差し出して「うちのじいちゃんが作ったんだ」と誇らしげに言ったのがとってもかわいかった。

〈2019年7月2日（火）〉

ああ…こんな幸せな日記を書いた一年後の6月30日に、まさかFM PORTが放送局ごとなくなってしまうなんて、誰が想像できたでしょうか。少なくとも制作現場レベルでは誰一人、頭をよぎることさえなかったと思います。

「どんな出会いも、どんな機会も、一生に一度だけと心得て誠意を尽くす」というのは「一期一会」の本来の意味ですが、PORTとの別れを経て、何にでも終わりがあるのだということをこれまで以上に考えるようになりました。

例えばスタッフの発言にイラッとしても、彼ともいつか別れがくるのだと思うと少しは許せますし、お土産にいただいた一口サイズの「おつまみ貝柱」も、まずはしみじみと愛でてから、一粒一粒かみしめております。

あれから8カ月が過ぎ…皆さま、お元気でいらっしゃいますでしょうか。最近、いいことはありましたか？この先、何か楽しみにしていることはありますか？………え!? ない!? それは困りましたね。そうかもしれないと思って、実は楽しいことを企画しました。

現在BSNラジオで私が担当する「四畳半スタジオ」初の公開生放送が決定したのです。

しかも、ただの公開放送ではありません。バレンタインデーに発売となる書籍第3弾「ラジオを止めるな！」の先行販売も兼ねています。言い換えればこの日は、皆さんが一人で何冊も同じ本を買う日となります。さらにさらに、ゲストは私の天敵さとちんと、ハレンチボイスでおなじみの松本愛さんです。

愛ちゃんとは、PORTの閉局特別番組を共に務めました。またこうして一緒に喋れるなんて、なんだか新しい時間が動き出しそうでワクワクします。

（2021年1月22日掲載）

「モーニングゲート」ではアホなことばかりやりました。これはソリの代わりになるものは何かを実験した時の一枚です。スタッフがお尻に敷いているのはフライパンです。イマイチでした

45 添えるならこんな言葉

――チョコ

2月14日はバレンタインデーですね。ラジオ番組の男性スタッフたちが「今年は日曜日なんすよねー!」と残念そうにぼやいたり、「それでも○○さんはきっとくれますよ!」と期待したりしているのを聞いて、なんだかんだいって男性は、いくつになってもバレンタインデーにはチョコがほしい生き物なんだなと思ったのですが、いかがでしょうか?

近年は友達同士で贈りあう「友チョコ」や、高級なものを自分用に買う「ごほうびチョコ」も幅を利かせているようですが、いやいやいやいや、バレンタインというのは、チョコレートという甘〜いお菓子に思いを託し、本命のあの人に気持ちを伝える日に他なりません。

私は昔から、このバレンタインデーを大いに活用してきました。名付けて「バレンタイン大作戦」です。

作戦を実行する上で一番大切なのは、ただチョコを贈ればいいという考えを捨て去ることです。チョコの値段や、手作りかどうかなどは問題ではありません。チョコと、そこに添えるメッセージが奏でるハーモニーこそが重要なのです。

例えば「マーブルチョコでマーベラス作戦」。これは私史上最高の作戦として言い伝えられていますが、まだご存じない方のために書きます。

用意するのは、フルタ製菓のロングセラー「わなげチョコ」。カラフルなマーブルチョコが、ドーナツの形をしたプラスチック容器にちりばめられている商品ですが、そのマーブルチョコを半分ほど減らした上で贈るのです。そこにきれいにリボンをかけたら、メッセージはこう書きます。「あなたの電話を待ちわびた夜の数だけ食べました」

なんといじらしいのでしょう。彼はあなたに待ちぼうけをくらわせたことを心から悔やみ、すぐにでもあなたを抱きしめたくなることでしょう。この作戦を、なかなか関係が進展しない彼に実行しましたが、それっきりでした。まあ、そういうこともあります。

　他にも、スーパーに売っているチョコで簡単にできます。例えば森永製菓の「DARS」なら、メッセージを「あなたが好きダース!」にするとか、麦チョコに添えるなら細川ふみえの「だっこしてチョ」風に「ムギュっとしてチョ!」なんてかわいいかもしれませんね。

　彼をデートに誘いたいあなたは、ガトーショコラを贈り「今度、ちょっとショコラ(そこら)へ一緒に出掛けませんか?」はいかがでしょう。アーモンドチョコならば「アー!モンッド(あー!もっと)愛して~!」とか。カラオケで近藤真彦のナンバーしか歌わない部長への義理チョコは、抹茶チョコを「マッチャ(マッチ)でーす!」と言って渡すと喜ばれるかもしれませんね。

　ぜひ参考にして、思い出に残るバレンタインデーをお過ごしください。

(2021年2月12日掲載)

バレンタインデー発売の「ラジオを止めるな!」はラジオを愛するみなさんへ、私からのプレゼントです。どうぞ何冊も受け取ってください!

46 心の開き方はいろいろ

――発見

以前、大先輩のおねえさま方のグループが「私、鈴虫」「私はスイッチョン」「私なんてミンミンゼミらて！」と話しているのを聞いて、一体何の話だろう。好きな虫？　いや、質問に答えるとタイプが分かる「昆虫診断」みたいなもの？　と思っていたら、それは「耳鳴り」の話でした。耳鳴りの音を虫の鳴き声に例えていたのです。

その後、話は通っている病院、飲んでいる薬のことにおよび、「年を取ると健康と病気の話しかしなくなる」という噂は本当なんだなと思ったものです。

あれから月日は流れ、現在、私自身もそれを実感しています。特に同世代の女性が集まると、必ず体の調子や主治医の話になりますし、パソコンで検索するのも「胃の痛み」とか「目のかすみ」とか、そんなワードが多くなりました。

そればかりか、あらゆることを健康、検診、病院などに関連づけるようにさえなりました。

仕事柄、初対面の方と接する機会が多いのですが、当然、人によって心の開き方のスピードが違います。ゆっくりと打ち解ける方、何かのきっかけで急に全開になる方、また、お会いした瞬間から「こんにちはー！ヨッロシクお願いしまーす！」とテンション高くグイグイ来る方もいらっしゃいます。

そんなタイプの違いがまた面白くて、毎回出会いが楽しみなのですが、先日ふと、「あれ？　これ何かに似てるぞ」と思ったんです。何だろう、何に似ているのだろうと、ずっとモヤモヤしていたのですが、たまたまこの間、いつもの女性グループと婦人科系の話になった時、あっと気が付きました。それは、内診台だと。

女性の皆さんは経験があると思いますが、下半身の婦人科検診の際、内診台と呼ばれる寝椅子に腰掛けます。脚を乗せる台は左右分かれていて、そこに片脚ずつ乗せて診察を受けます。脇にカーテンがあり、その向こうに先生がいらっしゃるのですが、初めはそのカーテンと並行する向きで椅子がセットされていて、看護師さんの「動きますよ〜」の合図と共に椅子がゆっくりと90度回転して先生の目の前に下半身を向ける流れです。

私はこれまでいろいろな病院や医院でこの検査を受けてきましたが、このパターンがいずれも違うのです。

先生の正面に行くまでの間に少しずつ開脚させられるパターン、閉じた状態のまま先生の正面まで行き、着いたらいきなり開くパターン、また腰掛けた途端に全開にさせられてそのまま椅子が動くパターン。

ね、初対面の方の心の開き方のパターンと似ているでしょう。そんなことに気が付いたところで何の得もないのですが、なぜだか大発見をした気分で、誰かに言いたい。誰に言おうかと考えて、ここに書いた次第です。

（2021年2月26日掲載）

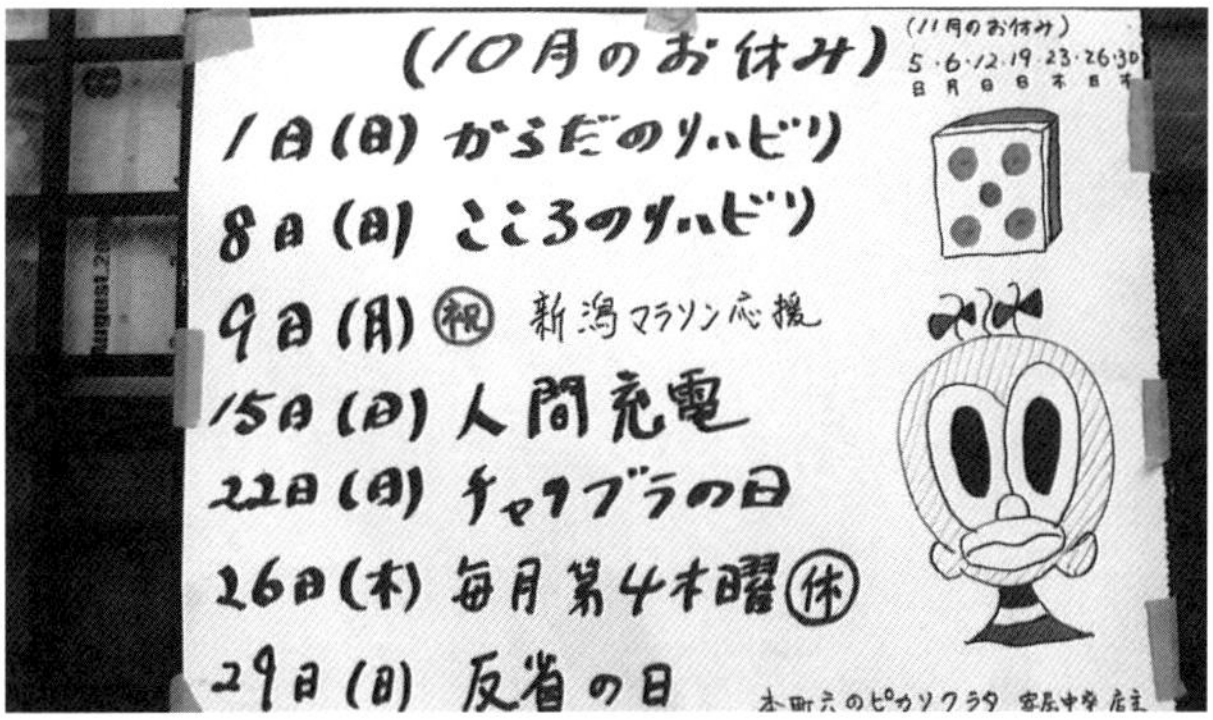

ラーメン屋さんのお休みのお知らせ。
お手本にしたい休み方です

47 未来はいつも自分次第

——15の挫折

気まぐれに家出したり、勝手に他人の家に上がり込んでご飯をごちそうになったり、家族の失敗などを記事にして「くっさい便所新聞」と題したかわら版を作ってトイレに貼り出していた子どもの頃、叱られた記憶はほとんどありません。

ずいぶん変わった子で、他人に迷惑をかけたことも少なくなかったはずなのですが、家族や先生、近所の人たちからは否定されることなく「あなたはあなたのままでいい」と育ててもらいました。だからなのか、自分で言うのもなんですが、明るく天真爛漫にすくすくと育ちました。

あの日、高校受験に失敗するまでは…。

第1志望校は、私立の進学校でした。先生からは「ギリギリ、もしくは危ない」と言われていましたが、自分が「失敗」することなどあり得ないと、根拠のない自信に満ち溢れていたので、迷わず受験しました。

試験は筆記と面接でした。人と話したり関わったりすることが好きで、誰とでも仲良くなれる性格だということは自覚していたので、筆記試験の成績が多少悪くても、面接で先生に好かれて挽回できるだろうと考えていました。しかし、入学試験がそういう類いのものではないことを、「不合格」という結果を突きつけられてようやく知るのです。

そしてそれは私に相当のダメージを与えました。面接をして不合格になるということは、そのまま自分の人格否定につながりました。「私はダメな人間なのだ」と感じたことはそれが人生における初めての経験で、愕然として打ちのめされました。大げさではなく、「私の人生は15歳にして終わってしまった」と感じたのです。

その後、公立高校に進むのですが、挫折感はぬぐいきれず、入った部活もすぐに辞めて帰宅部となり、自暴自棄な生活がしばらく続きました。そんな時「アルバイトして金でも稼ぐか」と応募したのがテレビ局が募集していた高校生スタンドリポーターでした。

そこには、全てが肯定されていた頃の世界が広がっていました。自分が進むべき道はこれだと思えるものに巡り合えたのです。もしも進学校に進んでいたら落ちこぼれていたのは確実で、夏休みは毎日補修に明け暮れ、リポーターなど体験することはなかったでしょう。

そう考えると、人生何が失敗で、何が成功かなど分かりません。それは、「試験に落ちた」「彼氏に振られた」と、今、目の前に起きた一見「失敗」「不幸」と思われることだけを見て判断はできないということです。私のように、ピンチだと思ったことは実は大きなチャンスなのかもしれない。いや、チャンスにするのです。大事なのは結果ではなく、いつもその先、これからです。自分次第で未来はどうにでもなるし、未来の自分次第で過去の見え方も変わります。

どうやったって勉強が好きになれなかった私は、その後「IQより愛嬌」をモットーに生きてきて、今大勢の優しい人たちに囲まれてとても幸せです。

今日は県内公立高校の合格発表です。私のように希望した高校に入れなかった子もいるでしょう。しかし、小説でも物語でも、そして人生でも「こんなはずじゃなかった」からいつも、ワクワクする展開が始まります。

（2021年3月12日掲載）

公園の砂場で見つけた、ドラえもんのひみつ道具「暗記パン」の落書き。食パンに暗記したいことを教科書から写して食べるだけでOK。これを書いた子は九九を練習中なんですね！

48 言わずにはいられない

――余計なこと

思春期の頃、知り合いのおばさんに「マリちゃんはいつもニコニコしてていいね！　その笑顔でいろんなところカバーできるわ」と言われたことがあります。うれしいと思うよりも「その後半のセリフいる!?」と感じた自分がいました。ひと言多いんです。それからおばさんを反面教師として、なるべく余計なことは言わないように努めてきたつもりなのですが…。

先日、ラジオの番組宛てに、春休み中の女の子からメールが届きました。4月から高校生になるという、その子からの質問は「何もすることがなくて暇です。何をしたらいいでしょうか。麻理さんだったら何をしますか？」というものでした。それに対しては、「そうだな～私なら、買ったまま読んでいない本を読むかな」とか「お天気がいいから散歩に行くのもいいなあ」といった答えでいいはずなんです。「麻理さんなら何をしますか？」って尋ねているのですから。

ところが、口をついて出たのは「思うんですけど、日本の教育っていうのは、自分で決めるということを教えないんですよね。それよりも、言われたことをちゃんとやることの方を重視するんです」と始まって、「今日は何をするかを自分で決める日にすればいいんじゃない？私はここへ行く、これをする、これを食べるって全部自分で決めて実行してみたら？」なんて言ってしまいました。私が15歳なら「うぜーわー」とラジオのスイッチを切ったでしょうね。

また先日、大学生から、自分がやっている動画チャンネルに出てほしいという依頼をメールで受けました。さまざまな事情によりお断りせざるを得なかったのですが、当たり障りなく返信すればいいものを、やんわりと「人にものを頼む時の注意点」のようなことを書いてしまいました。依頼するメールではハンドルネームではなく本名を名乗ること、箇条書きではなく企画書として提出することみたいな内容です。これも送信してから「やっちまったー！」と思いました。

私の世代の常識と彼らの世代のそれは違うのに、こちらの考えを一方的に押し付けてしまって…。言い換えれば、彼の送ってきたものは簡潔であり、何はともあれまず会って話しましょうというフットワークの軽さがありました。物事を進めるスピードに関しては、彼らの世代にはかなわないですし、そのメリットも確かにあるはずですから。

そんなふうに頭を抱えておりましたところ、早速彼から返信があり「動画出演じゃなくても、いろいろお話を聞きたいと思っています。会ってお食事でもどうでしょう？」とありました。ああ良かった、嫌われていなかったと胸をなでおろしたのは一瞬で、「だから、まずは本名を名乗りなさいっつーの！」とパソコンに向かって叫んでいました。

（2021年3月26日掲載）

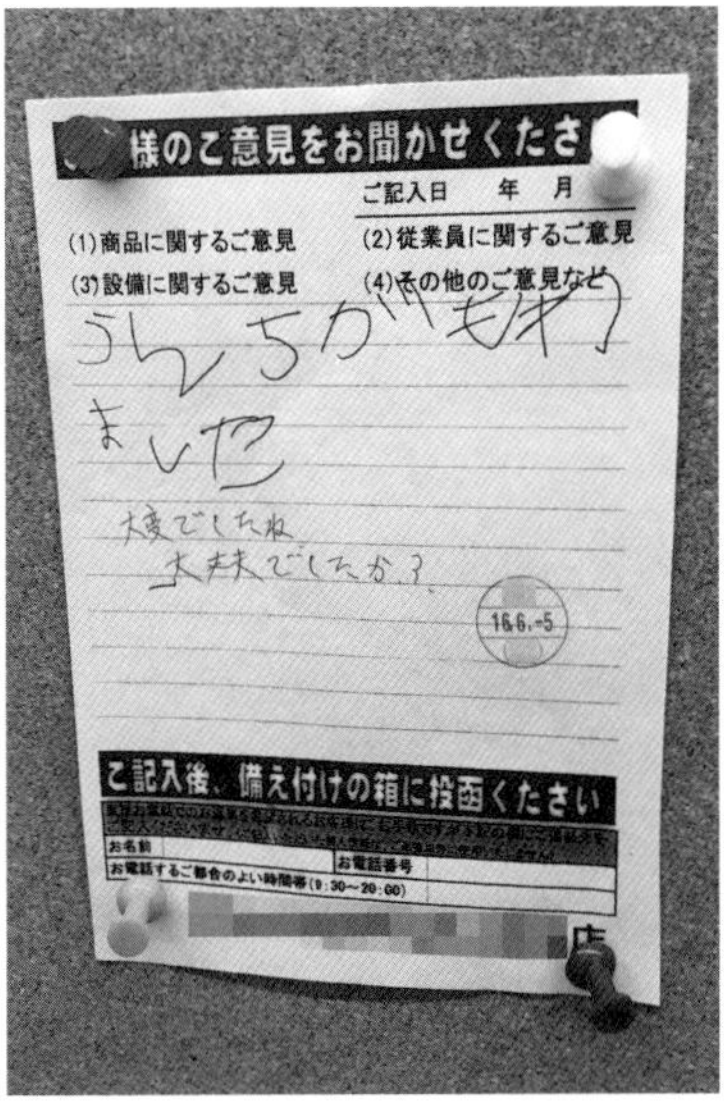

子どもの悲痛な叫びを、温かく受け止め思いやる。素晴らしい対応、勉強になります（写真の一部を加工しています）

49 お返しは機会ある時に

――物をもらう

友人に、他人が「あげる」という物を決して断らない男性がいます。

採ってきた山菜、聴かなくなったCD、椅子やテーブルといった家具、ギターやカスタネットなどの楽器に始まって、駆除したブラックバスを50匹とか、使わなくなった漬物樽10個、絶対担ぐ予定のないランドセル（赤）まで。私もこれまでいろいろな物をお裾分けしてきましたが、一度も断られたことがありません。

彼は実に「もらい上手」なのです。例えばこの間、知人の家の物置の奥から釣り竿が何本か出てきました。もう使わないからと処分することにしたのですが、いざその段階になったら「この竿で大きいアジ、何匹も釣ったんだよな～」とか「この竿持って、子どもとよく釣りに行ったな～」と、一つ一つ手に取りながら思い出を語り出し、とうとう「やっぱ捨てらんね！　誰かもらってくれね～かな！」と叫びました。その時頭をかすめたのが、その彼です。そこで一応お知らせしてみると、二つ返事で「もらうよ！」と返信がありました。

やってきた彼は竿を眺め、「いや～いい竿じゃないですか！　丁寧に使ってたんですね～。本当にいいんですか！　僕なんかがもらっちゃって」などと言いながら、釣りの思い出話や自慢話に耳を傾けていました。知人は気持ち良さそうに語り、受け取って帰る彼の後ろ姿をうれしそうに見送りながら、「あんな人にもらってもらえて幸せだな～」と呟きました。そうなんです。彼に物をもらってもらうと、とても幸せな気分になるのです。

番組スタッフと、この「物をもらう」話になった時、子どもが何か友達からもらってくると、必ずその友達の家にお返しをすると言っていました。それはスタッフの家だけではなく、どこの家もそうなのだそうです。

　私がずうずうしいだけかもしれませんが、そんなに気を使わないで、くれるものはありがたくもらっておけばいいんじゃないでしょうか。機会があったらお返しすればいいくらいの気持ちでちょうどいいと思います。物をくれる人は、お返しがほしいと思ってくれるわけではないし、ましてやお返しがないから失礼だなんて思いませんよ。

　他人がくれるもの、くれようとするものは「物」である前に大抵の場合「好意」なのだということを忘れないで、私の友人のようにもっと気楽に上手に相手の心を受け止められたらいいですよね。


（2021年4月14日掲載）

名　称　ブーダン・ノワール　クリスチャン・パラ
原材料名　大ヨークシャー種豚肉（のど肉、舌、頭部（頬肉、鼻肉、皮））、豚の血、長ネギ、タマネギ、ニンニク、パセリ、塩、タイム、黒こしょう、エスプレット唐辛子、スパイス（コリアンダー、シナモン、キャラウェイ、クローブ、ナツメグ）、ローリエ、セロリ
内容量　２００g
賞味期限　製造より４８ヶ月　缶上部に打刻（JJ/MM/AA）
JJ: 製造日、MM: 製造月、AA: 年号の下２桁
保存方法　涼しく乾燥した場所で保管ください。
提供方法　提供前に冷蔵庫で保管し調理しやすい固さにする。缶切りで両端を開け、片側から押し、スライス。冷たいままで前菜として、またはフライパンを使い高温で短時間両面を加熱調理し、メインディッシュとしても召し上がれます。開缶後の保管はアルミホイルで包み、お早めに召し上がりください。

いただきものの缶詰ですが、具体的すぎる原材料名に委縮して、いまだに開けられずにいます…

50　会えない寂しさは尊い

――大型連休

もうすぐ大型連休がやってきますが、今年は離れて暮らす家族や、県外にいる友人知人になかなか会えないお休み期間となりそうですね。

この春、息子さんやお嬢さんを県外の学校に送り出したお父さん、お母さんは特に寂しい思いでいらっしゃることでしょう。

私も高校を卒業後東京に出たのですが、初めの頃は新潟が恋しくて、5月の連休だけを生きがいに4月を過ごしました。明日から連休というその日は、学校が終わるとすぐ、池袋から新潟行きの高速バスに飛び乗りました。

新潟駅に着くと、そこからJRの在来線で実家へ向かうのですが、故郷の駅が近づいて懐かしい風景が車窓に見えてくると、何十年かぶりに帰ってきた人のように窓に顔を近づけて目を凝らしました。そこには大好きな春の田んぼがどこまでも広がっており、空は青くて大きくて、遠くにはなだらかな山が変わらずにありました。「東京なんか出なければよかった。卒業したらすぐに新潟に戻ってこよう！」と強く思ったものです。

しかし、これがどういうわけやら、お盆頃にはもう「帰らなくていいかな」っていう気になるんですよね。入っていた学生寮は楽しいし、バイトの時給はいいし、何より好きな人もできちゃったで、今度は東京から離れたくなくなったのです。ただ、東京に出してもらう際に母と交わした約束が「就職できなかったら帰ってくること」で、遊びほうけていた私がもちろんできるわけもなく、断腸の思いで東京を後にしました。

この時期は毎年、県外にお子さんを送り出した親御さんから、ラジオの番組宛てに「家からいなくなって寂しい」とか「心に穴が空いたようだ」といったお便りが届きます。でもこの、会いたい人と思うように会えない時間を過ごして気付くのは「寂しい」という気持ちがとても尊いということです。大切な人との温かな思い出があるから、人は寂しいと感じることができるのです。寂しさを知っているのは、とても幸せなことだと思います。

余談ですが、新潟を出る時に叔母が東京の銀行に口座を作り「何かあったら使いなさい」と10万円を振り込んでくれました。お金そのものより叔母の気持ちがうれしくて、その10万円には決して手をつけないと固く心に誓いました。そして先日、ふと「そういえばあの10万円！」と思い出しました。そうだ、今こそ下ろして、10万円で叔母に何かプレゼントをしようとワクワクしながら銀行に問い合わせたところ、一銭も残っていませんでした。おそらく東京が楽しくなった一年目のお盆辺りに、とっとと下ろしてパーッと使ったんでしょうね。私はそういう人間です。

（2021年4月28日掲載）

新潟で好きな風景はたくさんありますが、夕日の海は格別です。同じ日本海なのに、海岸ごとに表情が違います。これはどこの夕日でしょう。ヒントは「わっぱ煮」です

51 逃げない覚悟

――ストップウオッチ

ラジオパーソナリティの仕事道具というと、まず何はなくとも「声」、あと「ペン」、もう一つ欠かせないのが「ストップウオッチ」です。

この業界の多くの人が使っているのがSEIKOのサウンドプロデューサーという製品で、番組で流す曲のイントロで喋る時に秒数を計るなどして使います。私が今使っているものもそれで、以前担当していたFM PORT「モーニングゲート」の制作スタッフたちがお金を出し合って、8年ほど前の誕生日にプレゼントしてくれました。

それまでは、人に借りていました。なぜかというと「自分のものを持ってしまったらもうこの仕事から逃げられない」という怖さがあったからです。

賃貸アパートに暮らして長くなりますが、これも「家やマンションなんか買ってしまったらもうこの土地から逃れられない」という懸念がどこかにあるからです。

仕事に関しても、「なぜこの仕事をしているのですか？」と聞かれて「この仕事しかできないから」と答える人がいますが「そんなこと言ってあなた、それを取り上げられたらどうするの!?」と思います。一方で、その腹をくくった感じに憧れもあります。

椅子に腰掛ける際も、深く座らず、お尻をちょこんと乗せて座ることが多いのも、そういった根性の表れなのかもしれませんね。良く言えば執着しない、悪く言えば覚悟ができないということなのでしょう。

ストップウオッチをプレゼントされた時、スタッフからのメッセージには「そろそろちゃんと仕事してくださいよ！」とありました。「そうだよな〜」と思うと同時に、ようやく本格的にラジオパーソナリティの仲間入りをしたように感じて身が引き締まりました。

ストップウオッチには、だいたい皆、シールを貼ったりデコレーションしたりして自分のものと分かるようにするのですが、私も例にもれず、裏面にシールを貼りました。といっても適当ではなく、そこに物語性を持たせて「家出した猫」というタイトルをつけました。

大きなお屋敷でかわいがられていた1匹の黒猫が、大きな月が不気味に笑う晩に、家出をすることを決意します。「この先の保証は何一つないけれど、どこまでいけるか自分の力を試してみたい」

ストップウオッチを手にして生まれたほんの少しの覚悟を表現しました。

そのストップウオッチが、この間、番組の本番前に初めて止まりました。あたふたしていると、現在担当しているBSNラジオ「四畳半スタジオ」のスタッフが分解して電池を交換し時間を合わせてくれました。

一度止まりはしたものの、新しい電池に生かされて再び時を刻み始めたストップウオッチ。私のラジオ人生とも重なり、ますます大切なものとなりました。

（2021年5月12日掲載）

「家出した猫」のストップウオッチと、電池を入れ替える四畳半スタッフです。ブツブツ言いながらも、いつもいろいろやってくれます。時に、おばあちゃんのお世話みたいになります

52 新しい企画へ夢膨らむ

――名誉館長

この度、新潟市北区のビュー福島潟の10代目名誉館長に就任しました。

これまで、加藤登紀子さんや椎名誠さん、そして新潟大学名誉教授の大熊孝先生など、そうそうたる面々が務めてこられたのに、ここにきて、自然について何の知識も学識もない私だなんて、恐縮しきりです。

何が恐れ多いって、名誉館長の「名誉」です。ビュー福島潟のスタッフの方に「この名前、どうにかなりませんかね」と相談したのですが「これはそういうものなので…」とのこと。「迷世館長」ならぴったりなのですが。

しかし、お受けしたからには福島潟の魅力を広めるべく、まずは、潟の歴史や、潟で暮らす生き物について勉強しようと思います。「好きな鳥は何ですか?」と聞かれて「焼き鳥!」などと答えるのも、もうやめます。

先日行われた就任式の後、潟の周り8キロを2時間かけて歩いたのですが、その際に見つけた鳥は、カラス、スズメ、ツバメ、白鳥…あと忘れました。調べてみますと、オオヨシキリ、カイツブリ、ヒバリなどですね。

ちなみによく見かける白いサギのことを「シラサギ」と呼びますが、「シラサギ」という名前の鳥はいないってご存じですか? ダイサギやコサギなど、白いサギの総称として呼ばれているだけなのだそうです。って、私もこの間教えてもらって初めて知りました。ただ、言っておきますが、私はマイ双眼鏡を持っておりまして、福島潟には一人で何度もバードウオッチングに訪れております。鳥の名前が分からないだけで、好きは好きなのです。

また、私が務めることになったからには、これまでにしたことのないイベントをやってみたいと意気込んでいます。

真っ先に思いついたのは「怪談イベント」です。福島潟には「潟来亭《かたらいてい》」という、「みんなと語らいて〜な〜」に引っ掛けたダジャレ施設があります。ここが囲炉裏のある茅葺きの古民家で、実に怪談向きなのです。

新潟妖怪研究所所長の高橋郁丸さんにお聞きしたのですが、福島潟には「亀女」という予言獣が存在するそうです。予言獣は、病気や豊作を予言する妖怪のことで、あの「アマビエ」もそうです。

「亀女」は長い黒髪で、顔と手足は人間ですが、胴体が亀なのだそうです。その「亀女」が福島潟に現れたのは１６６９（寛文９）年、光を放って人を呼び、「悪い風邪が流行して人が多く死ぬわよ。防ぎたいなら、私の姿を絵に描いて貼っとくといいわよ」とお告げをしたといいます。

この「亀女」を前面に押し出したいですね。自ら「亀女」に扮して福島潟の草むらに潜んで子どもたちを脅かし、「口裂け女」ばりに有名になるのもまたいいかもしれません。夢は膨らみます。

（２０２１年５月26日掲載）

ビュー福島潟の屋上から望む2019年の初日の出！
向こうの山は五頭連峰です。いつかみんなで一緒に眺めたいですね

53 「大吉」出るまで引こう

――おみくじ

占いは良いことしか信じませんが、神社のおみくじは、自分の手で引くからか、わりと信じる方です。

新潟日報朝刊県央面で連載された「エンマリ　にんまり　街ぶらり」で訪れた弥彦村の湯神社で引いたおみくじは「大吉」でした。「大吉」を引き当てるコツは一つしかありません。それは「大吉」が出るまで引き続けることです。今年に入ってもう2回引いているのですが、三度目の正直でやっと出ました。

以前、ラジオのリスナーの方から縁結びのお守りと「恋みくじ」を送っていただきました。普通のおみくじではなく恋愛に特化したおみくじです。ありがたく頂戴し開いてみましたら、その内容がまた突っ込みどころ満載でした。

最上段に和歌が書かれているおみくじは多いですよね。この「恋みくじ」にももれなく「恋の歌」と記されてあったのですが、それが『神様に祈った甲斐のあらわれて歩む二人の恋の路』でした。なんだかしっくりこないと思ったら、本来五七五七七であるはずが、五七五七五なのです。最後は「恋の路かな」とした方が美しいのに…。

これはまだいいとして、その内容です。まず始めに「星座」とあり、そこには「山羊座か双子座が理想的。射手座でも良い」。次に「血液型」ときて、そこには「A型かO型が良い。B型は避けなさい」とあるんです。血液型別性格診断や12星座占いを全て否定するわけではありませんが、これが神社のおみくじに書いてあるとは思いませんでした。そして一番謎なのは「得意な科目への力の入れようが足りぬ。国語・英語を基礎からやり直しなさい」という恋愛と全く関係のないお説教が書かれていたことです。このおみくじを見て「よし、そうしよう」と思う人は果たしてどれくらいいるのか…。

　興ざめしたおみくじといえば、以前京都の由緒ある神社で引いたおみくじに「ネット詐欺に注意」とあったことです。古都京都で見たその言葉は完全に浮いていました。

　さて、これは知人女性の話なのですが、独身時代、当時50代だった彼女はずっと行きたかった神社にようやく参拝することができ、帰ってきて間もなく、道端で手帳を拾いました。落とし主は男性で、さぞ困っているだろう、一刻も早く知らせた方がいいと思い電話番号へ連絡すると、とても感謝され、お礼にと食事に誘われました。そこからとんとん拍子に話は進み、あっという間にゴールインですよ。しかもお相手は、おみくじでいえば、まさに「大吉」の好人物です。

　ちなみに彼女が訪れた神社とは…縁結びの神様として名高い出雲大社です。


（2021年6月9日掲載）

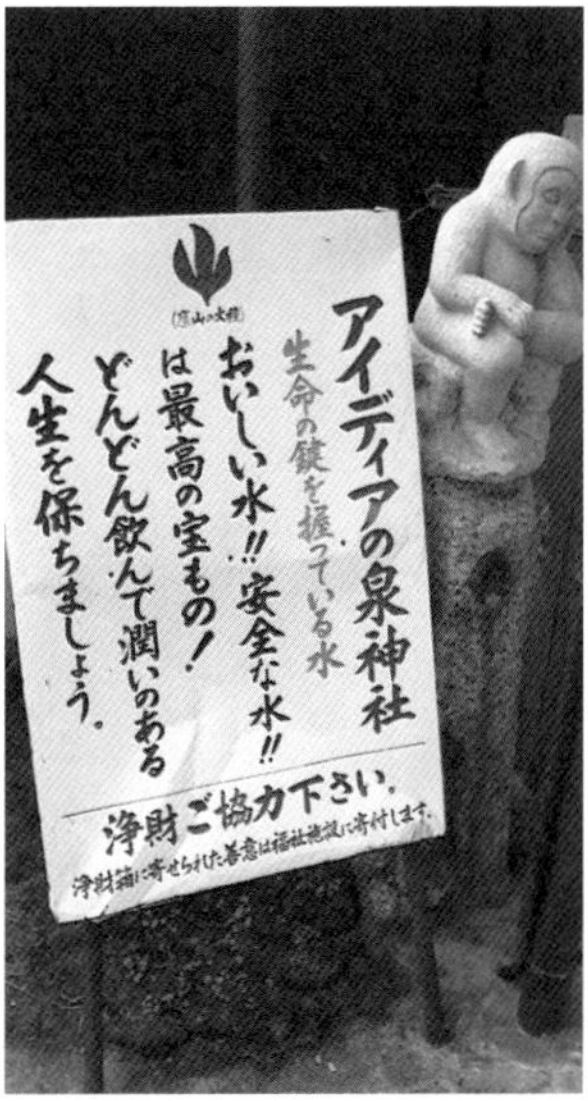

いろんな神社があるものです。何のアイデアも浮かんできませんでしたが、水を飲む量が足りなかったからでしょうか

54　年を重ねて、ありがたい

―― 誕生日

先週、めでたく誕生日を迎えました。去年の誕生日は、FM PORT閉局まであと半月という時だったので、めでたさよりもめまいで頭がクラクラしていましたが、今年は穏やかに、幸せな気持ちで過ごすことができました。

よく年配の方が「祝うほどの年でもないけれど」と言いますが、決してそんなことはありません。だって、こうして無事に年を重ねられること以上にありがたいことはないですもの。年を重ねるごとに、めでたさは増すのです。

そしてこれまたよくラジオ番組に届く投稿で「家族からも誕生日を忘れられています。誰も祝ってくれないので、麻理さん祝ってください」というのがありますが、その度に「いじけてないで『今日誕生日なんだけど！』ってアピールしましょうよ」と言うようにしています。

以前、番組の企画で「その日誕生日である他人に、人はどこまで優しくなれるか」という実験をしました。新潟市中央区の本町市場の商店を取材と称して1軒ずつ訪ね、どの店でも最後に「実は今日誕生日なんです」と物欲しそうな顔をしてみるというものです。そうすると、百発百中、何かくれるか、おまけしてくれました。歌声喫茶では、「じゃあ皆さんで、お祝いの歌を贈りましょう！」と声が上がり、バースデーソングをプレゼントしてくれました。とにかく、誕生日は言いふらして、周りの人に甘やかしてもらいましょう。

とはいうものの、私自身、にぎやかに祝ってもらうことが実は苦手です。サプライズでケーキが運ばれてきたり、みんなに囲まれてプレゼントを贈呈されたりなんかすると、どんな顔してそこにいればいいか分からなくなるのです。いやいやいやいや私なんて祝ってもらうほどの人間じゃないんです、すみません、本当に、生まれてきてすみません…などと恐縮してしまいます。

今年の誕生日は、新しいスタッフたちと迎えるにあたり、それをやられては困ると思いまして、前局時代から一緒のスタッフにくぎを刺しました。「私、誕生日のアレ、苦手だから、あなたからちゃんとみんなに言っておいてね。プレゼントとかいらないからね」と。すると彼は「はい。誰かに相談されたら、僕もそう言おうと思ってるんですけど、『麻理さんの誕生日プレゼントどうする?』とか、誰一人言ってこないんですよ。そんな話、微塵も話題にのぼりません」…それが誕生日の3日くらい前で、そうなると、それはそれで複雑な心境でした。

さて誕生日当日、スタッフが誕生日占いの本を開いて、6月14日生まれはどんな性格かを読んで教えてくれました。「社交性があり気さくで、なんべんです」…「なんべん? なんべんって…軟便!? そんなことまで誕生日で分かるの!?」と文字を確認したらスタッフの読み間違いで正しくは「勤勉」でした。「勤」と「難」、確かに似てますけどね。

(2021年6月23日掲載)

誕生日は、お祭りの露店で、子どもたちに交じって型抜きをするのが恒例です。今年はお祭りも中止になってしまって寂しい限り…。2019年に会ったシマウマの男の子、元気にしてるかな?

55 まるで「あすなろ抱き」

――憧れのシチュエーション

　恋愛ドラマでの憧れのシチュエーションというと、どんなシーンを思い浮かべますか？

　私は「男女7人夏物語」で明石家さんまさん演じる良介が、大竹しのぶさん演じる桃子に、土砂降りの中で「俺はお前が好きやねや！」と叫ぶシーンですね。石井明美さんの歌う主題歌「CHA－CHA－CHA」がまたドンピシャでした。

　あと忘れられないのは、三上博史さんと浅野温子さんの「世界で一番君が好き！」のオープニングです。LINDBERG《リンドバーグ》の「今すぐKiss Me」が流れるラストシーンで、二人がスクランブル交差点の真ん中で、それぞれ車から身を乗り出してキスをするという、迷惑極まりないシチュエーションでしたが、当時は西蒲原のピュアな女子高生でしたので、「都会のアベックはこんげことすんのらけ」と興奮していました。

　でも一番人気は、やはり「あすなろ白書」ではないでしょうか。木村拓哉さんが石田ひかりさんを後ろから抱きしめて「俺じゃダメか」と告白するあのシーンは「あすなろ抱き」と呼ばれ、社会現象になりました。（ちなみに、古いドラマばかりですみません。最近のドラマを見ていないもので…。最後にちゃんとシリーズで見たのは「真田丸」だったでしょうか）

　この「あすなろ白書」の告白シーンがなぜ多くの人の心をつかんだのか、それは、前からではなく、控えめに後ろから抱きしめたこと、そしてその体勢で放つ「俺じゃダメか」というセリフの相乗効果に他なりません。忘れたくても忘れらない人がいるけれどその思いは届かない…そんな彼女の思いごと受け止めようとした彼に、人々は深く感動したのです。

　6月30日でFM PORTが閉局1年を迎えました。

と同時に、BSNラジオでお世話になって間もなく1年になるわけですが、私はいまだに「新潟市中央区川岸町のスタジオからお送りしています」と言うべきところを、PORTのあった「中央区万代」と言い間違えます。ファクス番号もPORT時代の番号と間違えますし、この間は「木曜日のモー…」と口を突いて出てしまいました。「モーニングゲート」と言ってしまいそうになったのです。慌てて牛のマネかなんかしましたけど、情けないですね。

もう1年も経つというのに、いまだに未練があって、前に進み切れない…そう思われても仕方ありません。

番組スタッフもきっとそう感じているのだろうと思っていたのですが、6月30日が近づくと、ディレクターたちはPORTの思い出を曲に託してさりげなく演出してくれたり、ラジオ制作部長からは「これからもPORT愛と共にやっていきましょう!」というメールをいただいたりしました。

去年の6月30日は、土砂降りの中で「まだまだPORTが好きやねやー!」と叫んでいましたが、今年は後ろから優しくあすなろ抱きをされているような温かな日となりました。

(2021年7月14日掲載)

著書「ラジオを止めるな!」でFM PORTから一緒にBSNラジオに移った畠澤ディレクターとの対談ページ撮影時の1枚です。雲を割って朝日が昇ってきた時、「大丈夫、きっとうまくいく!」と励まされたような気持ちになりました

56 世阿弥の子孫の弟子に

――能楽入門

お能といえば新潟では佐渡。

世阿弥が配流された島で、かつては200以上の能舞台がありました。佐渡の能は地元の方たちによって演じられていますが、私が観に行った時の地謡（ストーリーや主人公の心情を謡う合唱隊）の中に目をみはるほどの美青年がおり、終始彼にくぎ付けで、大変失礼ながら舞はほとんど見ていませんでした。地謡はシテ（主役）を務めることもあるといいますから「あの方も演目によっては舞うのかしら…」などと想像しながら、かがり火に照らされる横顔に見惚れておりました。

能の好きなところは、舞が優雅で美しいのに、内容はドロドロの愛憎劇だったり、嫉妬や恨みだったり、理不尽な物語であったりするところです。

お気に入りの演目の一つに「葵上《あおいのうえ》」があります。『源氏物語』の「葵」巻を題材としたもので、光源氏の正妻である葵上を、生き霊となった愛人の六条御息所《ろくじょうのみやすどころ》が呪い殺そうとする物語です。

源氏よりだいぶ年上の六条御息所は、小娘である葵上への嫉妬に怒り狂います。気品高く教養がある彼女も、源氏への愛の前では一人の女…執着から逃れられず、ついには鬼女と化してしまうのです。

能は、650年ほど前、観阿弥・世阿弥親子が大成した、現存する世界最古の舞台芸術の一つです。

先日、新潟市民芸術文化会館りゅーとぴあの能楽堂において「能楽入門ーお能で美しく？ー」と題した催しがあり、司会進行を務めました。

講師は、シテ方観世流能楽師の山階彌右衛門《やましなやえもん》さん。なんと世阿弥の子孫です。

「能楽入門」ということで、私が山階先生に弟子入りするというプログラムが組まれたのですが、最初にしばらく正座でお話を聞いただけで足が痺れてアウトでした。「先生、ちょ…ちょっと待って…」と助けを求めた時は本当に情けなかったです。

　続いて謡入門。昔は小室哲哉ファミリーの曲をバリバリ歌って踊っていた私なのですが、20年くらい前から人前で踊ることはおろか、歌うことさえできなくなったので、これは激しく緊張しました。結果、音程はなんとか取れたものの、腹式呼吸がなっておらず、声が全く出ませんでした。

　そして最後は舞です。忍者座りのような姿勢から扇を開いて立って構え、すり足で舞うのですが、これがまず、きれいに立てないのです。先生は上体が揺らぐことなくスッとまっすぐにお立ちになりますが、私は前傾姿勢で、膝に手をついて上体をクネクネさせながら、なんなら「よっこらしょ」と掛け声がないと立ち上がれないのです。そして翌日、太ももが筋肉痛です。

　お能はますます好きになりましたが、自分の体力のなさを思い知らされ、能舞台で思わず「ＯＨ！ＮＯ～～～～～!!!」と叫びたくなりました。

（２０２１年７月28日掲載）

山階先生に舞を教えていただいているところです。扇を手に構える。ただこれだけで歴然とした差が出ます。当たり前ですが…

57 「ボーイズ発掘」に学ぶ

――ハマる

最近珍しく「これはハマった」といえるものに出合えました。

某局で放映されているボーイズグループ発掘オーディション「THE FIRST」です。35歳の男性アーティスト兼プロデューサーがマネジメント会社を設立し、自腹で1億円を出資して企画しました。

日本の音楽業界に受け皿がないために、優秀な人材が国外に流出している現状に危機感を抱き、世界の舞台で活躍できるボーイズを自ら発掘しようというのです。

全国から多数の応募があった中から、歌やダンスなどいくつもの審査を勝ち抜いた15人が、1カ月もの間寝食を共にして音楽漬けの合宿をし、さまざまな課題をクリアしてきました。勝ち残った10人が最終審査に臨み、デビューできるのは、そのうちのわずか5人です（最終的には7人選出されました）。

合宿で、歌もダンスも初心者だったメンバーが、経験と実績のある他のメンバーの中でもまれながら少しずつ成長し、仲間に助けられて自信をつかんでいく過程を見ていると、薄汚れた心が浄化されていくのが分かります。

もう一つの魅力は、オーディション主催者であるプロデューサーの確固たる信念と揺るぎない音楽哲学です。それが明確でブレないから、ボーイズも目標を見失うことなく必死に努力し、自分を磨き、彼に認められようとくらいついていきます。

彼がボーイズに接する姿勢は、一般企業における上司と部下、先輩後輩間でも参考になります。

例えば、やってくれたこと（パフォーマンス）に対して、最初に心からの感謝をあらわすこと。

問題点、改善点を指摘する時は、褒めることとセットで、具体的に分かりやすく伝えること。

自身の感想や意見を述べるだけでなく、彼らにもそれを求めることで気付きを与えること。

基本、現場にいて、時には彼らと同じ作業（トレーニング）をし、いつでも話しかけやすい雰囲気と環境を作ること。

変化に気付いたら声をかけ、一対一で話を聞いてやり、的確なアドバイスをすること。

喜びや悲しみを共有し、涙を見せることも厭わないこと。

たまにバーベキューを開催してたんまり肉を食べさせたり、彼らが喜ぶであろうささやかなプレゼントを用意したりすること…など、どれもできそうでなかなかできないことです。

不器用に、粗削りに、かっこ悪いくらいがむしゃらに、出来上がったと感じたら安住せずにぶっ壊す…そんなふうでありたいなと、彼らを見ていて思うのです。


（2021年8月11日掲載）

あんまり楽しみで、早く来すぎてしまったのでしょうか？　このステージでどんな人たちが何を披露するのでしょう。小さな舞台も大きな舞台もワクワクして大好きです！

58 「いる」方が人生楽しい

――幽霊

「あなたは幽霊を信じますか？　信じませんか？」

先日、番組の討論コーナーでお題として設けてみました。

結果はほぼ半々でしたが、信じる派がやや多い結果となり、その理由として「見たことがあるから」「体験したから」というのが大半でした。逆に信じない派の理由のほとんどは「見たことがないから」でした。

私自身は「あれは何だったんだろう」という不思議な体験は何度かありますが、実際に幽霊そのものを見たことはありません。すっごく見てみたいんですけどね。睡眠時のBGMを稲川淳二さんの怪談にして、毎晩、ムード満点で待ってみても出てきてくれないし、亡くなった祖母にも会いたいのに、一度も現れてくれません。

ただこれが、私の身の回りとなると話は別です。「見た！」という人が結構いるのです。

例えば、長年付き合っている知人は、ついこの間のお盆に、いつも通り布団で寝ていてふと目覚めたら、足の方から人が這い上がってきて、腰の辺りまで来たところでようやく声が出て「ギャー！」と叫んだら消えたのだとか…。これまでも何度か出ているそうですが、今回は久しぶりで、まれにみる怖い登場だったそうです。

彼女はとても信頼できる人で、普段お酒を飲まないので酩酊することもありませんし、これまで嘘をつかれたこともありません。「夢じゃないの？」と聞きました。でも「いや違う！　はっきりとこの目で見た！」と言うのです。

こうなった場合、幽霊の存在を否定するということは、彼女をも否定することになるのではないか、幽霊の存在を信じないということは、彼女のことも信じないということになるのではないか？

番組スタッフは「幽霊なんかいるわけないじゃないですか。見たことないですもん」ととりあわないのですが、私はむしろ、見たことがないからこそ信じてみようと思うのです。自分の目に映るものだけがこの世の中の全てではありませんし、自分の物差しだけで、全てを決めつけることはできません。

それに、あるのかないのか、いるのかいないのか本当のことは誰にも分からないならば、「いる」「ある」と思っていた方が人生楽しいじゃないですか。「ない」「いない」と切り捨てるのではなく、「あるかもね」「いるかもね」「いたら面白いよね」と考えた人たち、想像した人たちの手によって数々のエンターテインメントも生み出されてきたはずです。

スタッフに「あなたは目に見えるものだけを信じるの？　じゃあ、愛は？　愛は信じないの？」と詰め寄ってみました。幽霊は信じない派のあなたなら、どう答えますか？

（2021年8月25日掲載）

トンネル内の道で見つけた水のシミです。宇宙人の親子がいる！　と思ってパチリ。あなたは何に見えますか？

59 欠かせない一日の儀式

――晩酌

日常の楽しみの一つに晩酌があります。

お酒そのものが好きなのはもちろんなのですが、食材の調達から料理、器選びに至るまで、晩酌に関連したこと全てが好きです。

酒をこよなく愛した歌人の若山牧水は酒にまつわる短歌を多く残しましたが、その中にこんな歌があります。

「人の世に　楽しみ多し　然れども　酒なしにして何の楽しみ」…分かります、牧水師匠。

私にとって晩酌はいわゆる「ケジメ」です。一日の終わりのハレの「儀式」であり、今日一日、外でやるべきことをやってきた自分に対する「労い」でもあります。ですから一日たりとも欠かしたことはありません。

そんな私の胃に、ピロリ菌がいました。ピロリなんてかわいい名前をしていますが、これがいると胃炎などの原因になりやすいということから除菌が推奨されています。除菌方法は、7日間、3種類の薬を朝と晩に飲み続けるのですが、その薬を飲んでいる期間、やってはいけないことがあります。それは…飲酒です。つまり、一週間、晩酌ができないのです。嗚呼、なんということでしょう。ピロリ～、このピロリめ～とどんなにピロリを憎んだことか…。

しかし一方で「これはチャンスかもしれない」と思う自分もいました。もしもお酒を飲まなかったら、きっと夜が長いだろうなと、半ば憧れにも似た気持ちを抱いて生きてきたからです。お酒を飲んでしまったら、あとはもうポヤ～ンとして寝るだけですが、素面なら頭がしっかりしていますから、本も読めるし、映画も観に行けるし、ものすごく充実した人生を送れるのではないかと。

実際に、私同様、お酒が大好きで一日も晩酌を欠かしたことのなかった知人が、きっぱり晩酌をやめて、難しい資格試験に挑戦し、見事合格して夢をかなえたという実例があります。その時、彼女が言っていた「欲しいものを本気で取りに行く時は、何かを犠牲にしなければならない」という言葉が忘れられません。彼女は酒を捨てて夢を手に入れたのです。ですから私も彼女にならって、これを機会に晩酌をやめよう、そして何か新しいものをこの手につかもうと決心しました。

晩酌をやめてみると、本当に夜は長かったです。夕ご飯も15分くらいで終わるし、やることがないので仕事なんかしたりして。また、お酒がないとおかずも少なくていいので、腹八分目を守ることができました。そして「晩酌しない人生もアリかもしれないな」と思い始めた頃、ちょうど一週間がたちました。

8日目の夕方、私はスーパーのお酒売り場の前にいました。「薬は飲み終えたし、もうお酒を口にしてもいいんだ」と、いつもの銘柄に手を伸ばそうとして「いや…やっぱりもういいかな」と感じてその場を去りました…と、こうなるはずだったんですが、気付いたら買って飲んでました。それがまたうまかったこと。一週間も我慢したかいがありましたよ、ホント。

「白玉の　歯にしみとほる　秋の夜の　酒はしづかに飲むべかりけり」…牧水師匠、ただいま戻りました。

（2021年9月8日掲載）

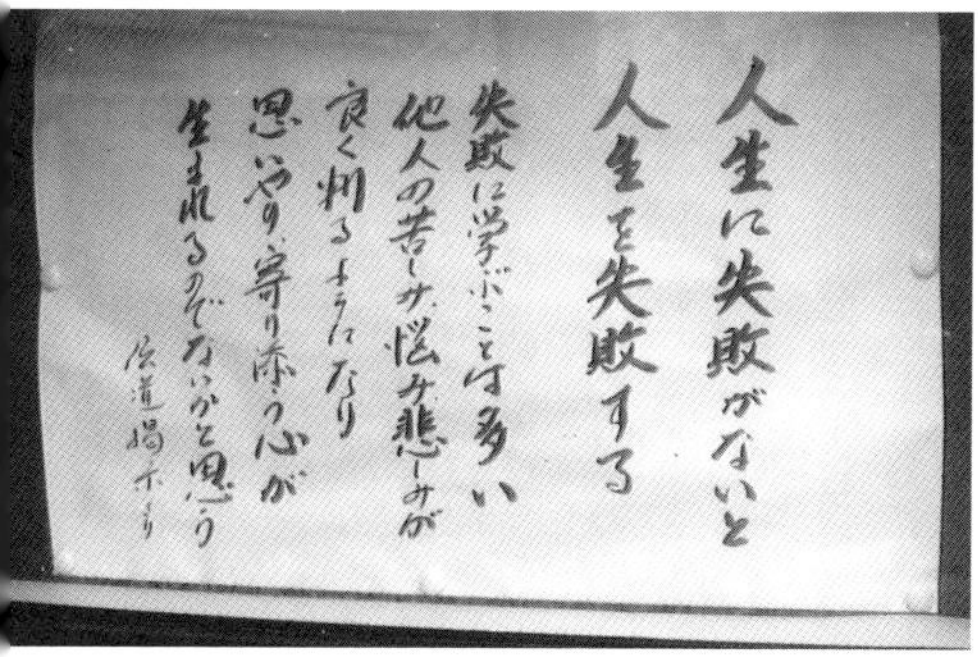
人生に失敗がないと
人生を失敗する
失敗に学ぶことは多い
他人の苦しみ悩み悲しみが
良く判るようになり
思いやり寄り添う心が
生まれるのではないかと思う

この度、断酒には失敗したわけですが他人の苦しみや悲しみがよく判るようになり思いやりの心が育まれたと考え、良しとします

60 当意即妙の境地は遠く

――雑談

ラジオパーソナリティという仕事をしていて何ですが、雑談恐怖症です。酒の力を借りられない状況下で、大勢でする雑談が特に苦手です。

仕事の打ち合わせなども、段取りを確認したらとっととその場を去りたいのですが、その後必ず雑談タイムがあるので、そろそろ終わるぞ～という場面から緊張しだします。

みんなで車座になって雑談している時、話を振られて面白く気の利いた言葉を返す人ってすごいですよね。そういう場は極力避けるようにしていますが、やむを得ない場合、心の中で「私に振るなよ、絶対振るなよ」と唱えています。

さて先日、番組スタッフが髪を切ってきました。彼のトレードマークでもあった、ゆるいウエーブのかかった長髪がバッサリ切られて超短髪に。会う人会う人、驚いてみんな彼に声をかけていました。その光景を戦慄して柱の影から眺めていました。

私も、たまにイメージチェンジがしたいな、それこそ髪をバッサリ切ってショートカットにしてみたいなと思うのですが、それができません。なぜなら、あの時の彼を見ていれば分かるように、話題の中心に置かれるからです。

「心境の変化？」「失恋したの？」など矢継ぎ早に飛んでくる質問を、彼はポンポン打ち返していましたが、私はそうはいきません。張り付いたような笑みで「特に何もないんですけどね」とか「シャンプーが楽です」とか、そんなありきたりな言葉を返すことしかできないでしょう。針のむしろですよ、あ～恐ろしい。

また今回、彼が髪を切ってきたことで別の恐ろしさも味わいました。あれだけ雰囲気がガラリと変わった彼に対して、何も言わないわけにはいきません。彼と遭遇した時に「あら？　新人さん？」と声をかけました。彼も笑ってくれました。ところが、その後、彼は私に言いました。「髪を切って、いろんな人がいろんな言葉をかけてきたけど、『新人さん？』が一番多いですね。なーんだ、麻理さんもか」。このセリフの後に続くのは、「言葉を扱う商売だなんて言うけど、大したことねーな！」に違いありません。言ってみればフツーの、誰もが思いつくような言葉しか彼にかけることができなかったのです。

ちなみに彼は登山が趣味で「一緒に山に行きましょう」と言うので、「おぶってくれる？」と聞くと「姨捨《おばすて》山ですか」と、瞬時に返してくるセンスの持ち主です。いろんな意味で、悔しいです。

（2021年9月22日掲載）

この写真は、憧れるL'Arc～en～Cielのhydeになりきる元番組スタッフですが、私も、新潟市の古町で飲んだ時、酔っ払って、このように銅像に語りかけている姿を目撃されたことがあります。銅像となら上手におしゃべりできるのに…

61 「落書き」を来年の友に

――新潟手帳

10月も半ばとなりましたが、来年の手帳は、もうお求めになりましたでしょうか？ もしまだでしたら、私の落書きがデザインされた手帳など、いかがでしょうか？

この度、「新潟手帳」とコラボレートして、2022年版の手帳の表紙を手がけました。県内のイベントや30市町村の観光スポットなども掲載されている、新潟愛溢れる手帳で、新潟を楽しみ尽くすにはもってこいです。

表紙にはペンネームどくまんじゅうこと私の描いた落書きが散りばめられています。

イラストでもなく、絵でもなく、落書きと呼ぶのは、本来描くべきではない場所、番組進行表や放送原稿の片隅や、紙の裏に描いたものだからです。そういえば学生時代にも、教科書の端っこにザビエルの顔とか描いていましたよ。決してうまくはありません。ただ、味があるとは言われます。

表紙はリバーシブルで、片面には、新潟といえばこれというものをいくつか描きました。

まずは鳥。鳥といえば…半身揚げですよね。大好物なのでこれは外せません。あ、飛んでる鳥も描きましたよ。トキ？ いいえ。白鳥？ 違います。今シーズンも新潟市北区の福島潟にお見えになりました、渡り鳥のオオヒシクイです。国の天然記念物に指定されているこの鳥は、翼を広げると160～180センチにもなります。福島潟は日本一のオオヒシクイの越冬地で、毎年5千羽以上飛来します。

魚も描きました。サケ？ のどぐろ？ ハズレです。正式にはタマガンゾウビラメという名前ですが、フナベタという呼び名でおなじみの魚です。お刺し身が美味しいんですよね。

また、力作は、佐渡金山にいるロボットです。「なじみの女に会いてぇなぁ〜」と呟いている、あの哀愁漂うおじさんロボットが好きなのです。

オシャレとかカワイイとはまた違う、独断と偏見だらけの落書きは、一部のマニアックな方にしか受けないと思いますが、我こそはというあなた、どうぞ一年お側に置いてください。

（2021年10月13日掲載）

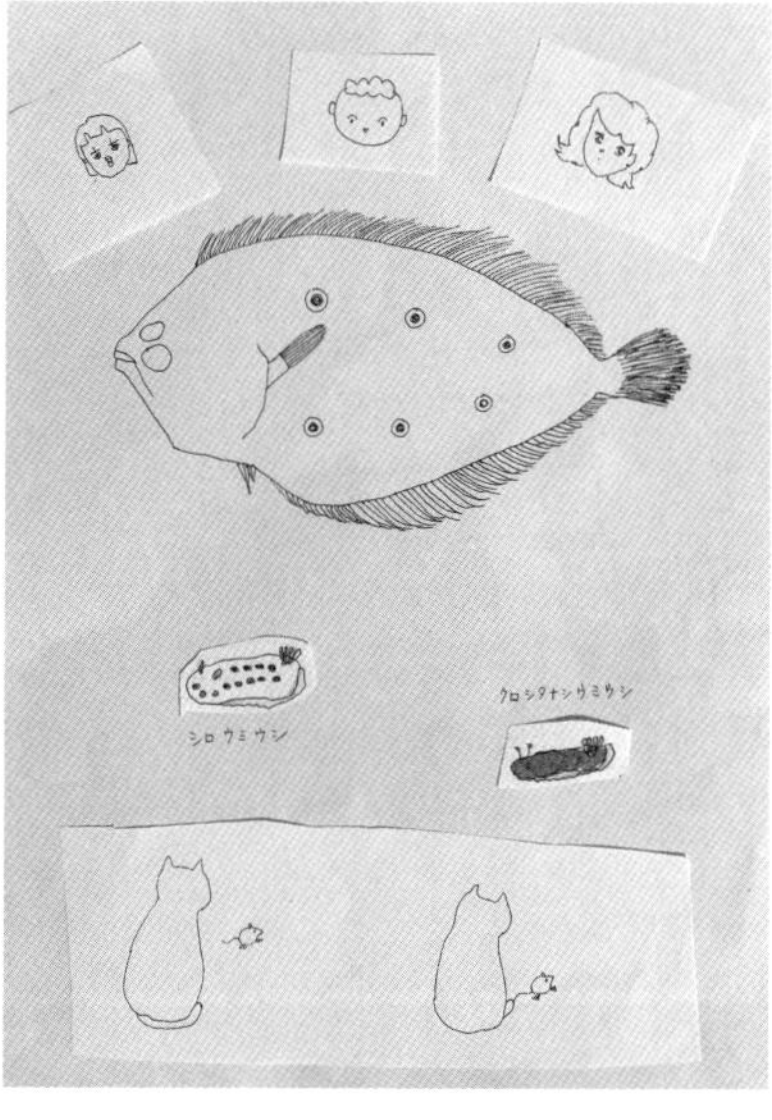

落書きの原本です。中央がフナベタ、その下は山北の海で見つけた大好きなウミウシたちです

62 私も告白されたい気分

——愛

　先日、担当するラジオ番組の中で「愛している」と言ったこと、言われたことがあるかという話題になりました。ちなみにこの場合の「愛している」は恋愛におけるセリフです。

　「愛している」や「I LOVE YOU」が歌詞に出てくる名曲は世の中に溢れていますが、それは普段、私たちが恋人に面と向かって言えない言葉だからこそ歌になるのだろうと思っています。

　私は言ったこともなければ、言われたこともありません。当たり前ですよ。だって、いつ、どこで、どんな状況で、その言葉を伝えるんですか？　どういう感情になると、それが口から出るんでしょうか。人を好きだと思うことはあっても、「愛している」なんて、仮に言葉にしてみたとしても、自分のものではないような、借り物のような気がするでしょう。…と力説する私を、スタッフが哀れむような目で見ておりました。いやいやいや…私が普通だって！　ということで、番組で独自アンケートを行った結果、なんと、言った言われたのほうが多かったのです。みんな意外と言ってるんですよ。にわかに信じ難かったですが、そうなると…私も言われた〜いと思いましたよ。誰か言って〜と。

　そのチャンスは思いがけずやってきました。

　先日、新潟市中央区の新潟ユニゾンプラザで、「知る・学ぶ『福祉・介護・健康』in新潟」というイベントがあり、そこで元タカラジェンヌで、新潟市西区出身の越乃リュウさんとトークショーを行いました。

　事前に参加者からリュウさんや私への質問を募集しておいて、それに答える形で進行したのですが、その中に「麻理さんはどんなふうに告白されたいですか？」という質問がありました。私は「告白してくれるんだったらなんだっていいですよ！」と答え、続けてリュウさんに「宝塚の演目って情熱的でロマンチックなものばかりですよね。例えばどんなセリフで愛を告白するんですか？」と聞いてみました。するとリュウさんが「ん〜そうですね…『愛してるよ』とかでしょうか」とおっしゃるではありませんか。

越乃リュウさんといえば、元月組組長で男役、所作もエレガントで美しく、低音ボイスがめちゃくちゃかっこいいんです。そんなリュウさんに「あの…」と切り出し「愛してるって、言ってもらえませんか？」とお願いしてみました。もう現実では無理そうなので、妄想で叶えようと思いまして。そうしたら照れながらも快諾してくださいましたので、会場の皆さんに「目を閉じましょう」と促し、自らも目をつむりました。すると…「麻理、愛してるよ」…ピギャーーーーー!!　うっとりする響きでした。

越乃リュウさんとは何度かお仕事でご一緒していますが、お会いする度に、その魅力に惹かれます。そしてその度に、男だとか女だとかでなく、「人」が「人」を好きになったり、いいなあと思ったりするだけのことなんだなあと感じます。人が人を人として好きになる。恋愛もいいけれど、そんな人間愛を、これからたくさん育んでいきたいです。

（2021年10月27日掲載）

越乃リュウさんと、バーテンダーとお客さんごっこをしました。すすめられるまま何杯だっていけそうです！（写真は越乃リュウさんインスタグラムより）

63 太古の海辺に思いはせ
――上堰潟《うわせきがた》

水辺が好きです。河口が好きで、滝が好き。海辺、川辺、池辺、そしてこんな言葉はないかもしれませんが、いや、ないのが不思議ですが、潟辺も好きです。

新潟市の越後平野には、中央区の鳥屋野潟、北区の福島潟、西区の佐潟など、多くの潟があります。昔は潟の鳥や魚を捕って食べたり売ったり、潟底の土を取って田んぼの肥料にしたりと、私たちの生活と密接に関わっていました。

現在は、鳥屋野潟で、地元の飲食店がコイやボラを使った料理を期間限定で提供したり、空心菜を栽培したりしているようですが、ほとんどの潟は、鳥を観察したり、周りを散歩したりする場所になりました。

西蒲区には、上堰潟《うわせきがた》があります。上堰潟といえば、上堰潟公園ですよね。季節季節の花が咲き誇る人気のスポットで、私もここが大好きです。

天気のいい日は、お弁当とゴザと本を持って車で出掛け、どうしても飲みたくなったら、近くの新京苑か八珍亭かこまどりで一杯やって、あとは運転代行にお任せ〜。

上堰潟公園のお気に入りの一つは、潟を見守る木花《この》《はな》開耶姫《さくやひめ》の像です。誰なのかより気になるのはその個性的な風貌です。腕と胴が異様に長く、なんといっても目が怖いのです。夜中に一人、懐中電灯で照らして見たら泣くレベルです。ホラー、オカルト好きとしてはこれは外せません。

そのように慣れ親しんだ上堰潟周辺を、先日、地理学がご専門の、新潟国際情報大学の澤口晋一先生のガイドで歩き、学ぶ機会があったのですが、これが知らないことばかりでした。

まず、上堰潟は、いったん陸化した潟で、今、私たちが見ている潟は人造であるということ。治水対策のため、1993年から5カ年計画で潟を掘削し、現在は、豪雨の時に一時的に洪水をためて調節する役割を果たしています。上堰潟を上空から撮った93年5月の写真を見ると、ほぼ完全に干上がっていて、原っぱ同然の場所だったことが分かります。このように復元された潟は、全国的に見てもまれだそうです。

　さらに、さかのぼること7千年前頃の縄文時代には、上堰潟の辺りは海辺だったといいます。地形を見てみると、浜堤《ひんてい》といって、波で運ばれた砂によって作り出された、低く長い堤防のような固まりが列になっているのがいくつも確認できました。

　よく晴れた秋の日の夕暮れ、角田山の麓の、見渡す限りの田んぼのあぜ道で「ここは昔、海だったんだよ」と、澤口先生がおっしゃった時、一瞬、潮の香りに包まれたような気がしました。

（2021年11月10日掲載）

こちらが春に撮影した、木花開耶姫です。桜がとてもお似合いです

64 心地よい「お一人」時間

―― 高田の食堂

仕事で上越市に行く機会がありました。

上越市高田までは、新潟市内から高速道路で片道2時間と、そう頻繁に行ける距離ではありません。

せっかくなので「前乗り」をすることにしました。前乗りとは、仕事の前日に現地に入ることです。目的は、当日の朝、ゆっくりすることもそうですが、私の場合はどちらかというと、翌日の仕事に支障を来さない程度に、現地の夜を楽しむことにあります。

高田は、街中を流れる儀明川の風景がとても美しいですし、仲町通りには良い飲み屋やスナックがひしめき合っているという噂も聞いていました。ということで、前乗りした私は、張り切って高田の夜の街に繰り出したのでした。

結論から言いますと…最高。

特に、1950年創業だという「中華料理 上海」には胸を撃ち抜かれました。

旅先で一人で飲む場合、誰かと喋りたいなと思ったら、カウンターのある居酒屋や小料理屋に入ればいいのですが、そうでもない時には、町外れにある食堂がおすすめです。

入口の脇に止まっている出前配達用の50㏄のバイクを横目に、「中華料理 上海」と書かれたえんじ色ののれんをくぐると、予想していた通り、まるで昭和の時代にタイムスリップしたような空間が広がっていました。

むき出しの蛍光灯、テレビからは地元の夕方のニュース番組、オレンジのパイプ椅子とセットになった簡易なテーブル席が6席ほどあり、奥には畳敷きの小上がりもあります。お客さんに私のようなよそ者はおらず、地元のご夫婦や、漫画を読みながら一人でラーメンをすする青年、ギョーザをお土産に頼んで週刊誌をめくるおじさん、それぞれが思い思いに時間を過ごしています。

　すると突然、外で耳をつんざくようなサイレンが鳴り響き、おじさんが「火事だ！」と叫ぶと、にわかに店内は騒然となりました。それまで一度も目など合わせたことなどなかった私とおじさんも「大丈夫でしょうか」「逃げますか？」などと今にも手を取り合いそうな勢いだったのですが、食堂のおねえさまが厨房の奥から顔をひょっこりのぞかせて「紛らわしいんだけど、これ訓練」と一言。皆、な〜んだといった表情で、何事もなかったかのように、またそれぞれの時間に戻っていきました。これが旅先での食堂飲みの醍醐味だと、私は思っています。なれ合わない、踏み込まない、詮索しない、そして長居しない。

　たった一人で、ミニチャーハン、ギョーザ、名物チーパー麺（ポークステーキと半熟目玉焼き入り）、ビール大瓶二本を残さず平らげ大満足でした。

　「ごちそうさまでした！」とお店を後にする私を「よく食べたね〜」とニコニコ見送ってくれたおねえさまは「Negicco《ネギッコ》」推しでした。


（2021年11月24日掲載）

Negiccoのミュージックビデオ「愛、かましたいの」は、高田の「上海」と「高田世界館」で撮影したものです。おねえさまは、恥ずかしがってお顔を隠してしまいました

65 諦めを覚え心は穏やか

——嫉妬

先週、担当するラジオ番組内で「あなた、嫉妬してますか?」というテーマで、リスナーの皆さんから意見を募りました。誰かや何かをうらやんだり、妬んだり、そんな感情を、今現在抱えて生きていますか? とお聞きしたのです。

電話で答えてくださった50代の女性の方は、「スーパーなどで、かっこいい旦那さんを連れている人を見ると嫉妬します!」とおっしゃっていました。なんでも、彼女の旦那さまは、昔は原辰徳さんのようにキリッとした目元でハンサムな顔立ちだったのが、現在はその片鱗はどこにも見当たらず、原辰徳さんを縦と横にギュ~ッと引っ張ったような顔になってしまったのだとか…。「いいですか、あなたも同じだけ年を取ったのですよ」とたしなめましたけれど、気持ちは分かります。

私も昔は、嫉妬深いというか、ものすごくヤキモチ焼きでした。大好きな人の心の中で、私が一番でないと許せなかったのです。

例えば、小学校高学年の頃、街の小さな文具店に買い物に行くと、友人が二人でプレゼントを選んでいました。その月に誕生日を迎える私と、クラスメイトのAちゃんのプレゼントを選んでいるのだろうということはすぐに分かりました。

彼女らの後ろで様子をうかがっていると、片方の女の子が「どうしよう、Aちゃんよりマリちゃんのプレゼントの方が高くなっちゃった」と、言ったのです。それはつまり、Aちゃんの方が自分にとっては大切な友達なのに、私へのプレゼントの方が高価になってしまうことに納得がいかないということでしょう。その言葉を聞いて、大好きな友達にとって、私よりも大切な存在であるらしいAちゃんを恨めしく思ったことを覚えています。

また、当時の恋人が、テレビに出ていた広末涼子さんを見て「かわいい〜…」と呟いてから、広末に憎しみを覚えるようになりました。テレビに広末が出てくると即座にチャンネルを変えたり、画面の前に立ちはだかったりして、彼の目に少しでも広末が映ることを全力で阻止しました。

もっとひどいのは、恋人が、彼の姪（当時4歳）と手をつないだのを目撃した時、即座に駆けつけ、「はい、おじちゃんじゃなくて、マリちゃんと手をつなごうね〜」と、彼から小さな手を引き剥がしました。

ところが、今ではどうでしょう。全くと言っていいほど、私の中に嫉妬心が見当たらなくなってしまいました。年齢を重ねて、受け入れること、諦めることを覚えたからかもしれません。だって、他人の持っているものをうらやんだり妬んだりしたところで、どうしようもないじゃないですか。ないものを嘆くより、あるものに感謝したいです。…と思う半面、何かから降りてしまったような気がして少し寂しくもあります。

（2021年12月8日掲載）

散歩の途中、もう歩きたくない！　と座り込んでしまった犬。
放棄してもかわいいなんて嫉妬します！

66　空振り恐れず打席立つ

――新年へ

皆さま、今年もこの連載「なんとかなる」にお付き合いいただきまして、ありがとうございました。

高校生の頃から通っている美容室のおじさま美容師に以前、「この間、ラジオで『なんとかなる　なるようになる』とか言ってましたよね。でもね…どうにもならないことだってあるんですよ…」と耳元で囁かれ、ゾワ～ッとした思い出がありますが、今年一年は取りあえず、なんとかなりました。

とはいえ、読者からお叱りを受けた回もありました。婦人科検診の際、内診台に腰掛けて開脚させられるまでのいくつかのパターンと、人の心の開き方のパターンが似ていることを発見したと書いた2月の回です。担当デスクから「少々刺激が強すぎるかも」とアドバイスを受けたにもかかわらず、強行突破した結果でした。

一方で多くの共感を得た回もありました。胃のピロリ菌を退治するため、日課である晩酌をやめなければならなくなり、いっそこのまま酒をやめてしまおう！と思ったのは一瞬で、やめることを早々にやめてしまったと書いた9月の回です。

さまざまな方が読む新聞での連載、そしていろんな方が聴いているラジオの仕事は、私のような者がやらせてもらっていいのだろうかと、今でも時々思います。

そんな時や、荷が重い仕事を任されて受けようかどうか迷った時に思い出す言葉があります。それは、友人とブラジャーを買いに行った時に彼女が発した「大きいの着けてれば大きくなるよ！」です。気に入ったデザインだったのですが、サイズが大きすぎて諦めようとした時に言われたのです。

その言葉から「自分では力不足かもしれないと思っても、やってみたいことなら思い切って受けてごらん」

というメッセージを受け取りました。

もちろん、中にはうまくいかないこともありましたが、「君ならもっとできるはずだ」ともう一度チャンスをくれた人もいました。そうした言葉や人に助けられて、どうにかこうにかやれてこれたのだと、暮れも押し迫った今、あらためて実感しています。

先日、新潟市江南区沢海の光圓寺《こうえんじ》で、「孤独のグルメ」の原作者としておなじみの漫画家、久住昌之さんのトークショーがありました。

会場から「久住さんは何割打者ですか?」という質問が出た際、こんなお話をされました。

初めて週刊連載の話が来た時、久住さんは「そんなに毎週毎週、面白いものを描く自信がない」と断ろうとしました。すると一緒に組んで描いていた泉晴紀さんが「毎週、面白いものを描かなくていいんだ。3回に1回面白ければ、あとの2回はいいんじゃないの? その分、僕がいいもの描いてフォローするから」と言ってくれたそうです。それからは「ひとまず打席に立つ」をモットーにしていらっしゃるのだとか。

来たる2022年、私も怖がらずに打席に立って、空振りを恐れずに振っていく所存です。引き続きお付き合いください。

そして少し早いですが、皆さまどうぞ、良いお年をお迎えください。

(2021年12月22日掲載)

顔出しパネルがあると、とりあえず顔を出してしまいます。こちらは光圓寺さんで、親鸞聖人さまに扮した私です

演技に挑戦

一刻も早くなんとかしたいと思っていることの一つが「演技力」である。

小芝居風のラジオCMの仕事がくると戦慄する。セリフに抑揚がつけられず、これじゃあダメだと焦って空回り。結果、おぞましい出来になるのだ〜。

そんなわけなので、元宝塚歌劇団月組組長の越乃リュウさんから「朗読劇をやりましょう」と提案された時は、ひれ伏して辞した。

しかも演目は「源氏物語」。リュウさんが源氏、私は藤壺役だと言う。それを聴いたラジオリスナーから「母が『フジツボって船底にくっついてるアレらよね？源氏物語にフジツボなんか出てきたろっか』と言っています」というお便りが届いた。耳で単語だけ聞けば、私から連想されるのは、藤壺ではなくフジツボのほうなのだ。至極真っ当。

しかし私はこのオファーを受けた。この歳になり、引き受けるのは、できる自信のある仕事ばかり。無難にこなして満足している。それはなんてダサいことかと気が付いたのだ。

ステージに上がる際や、マイクの前に立つ時に、深呼吸をしたり、ソワソワと落ち着かない新人のアナウンサーなどを眩しく見ている自分を、寂しくも感じていた。

50歳、初秋の大冒険。

リュウさんには演技指導をお願いした。「大切なのは、恥ずかし

さをしっかり吹っ切ること。全力で集中できるように、稽古も含めて、自分をそちらに持っていくこと」

そう教えてもらい、分かったことがある。私は、バシッとかっこよくキメることが気恥かしいのだ。翻って、それを本気でやろうとしたときに、失敗するのが怖いのだ。だから初めから逃げ道を作っておく。照れ隠しで、笑いで落としたり茶化したり、ごまかしたりしてやってきた。

今回はそういうわけにはいかない。正真正銘の真っ向勝負。

しかし、とうとう藤壺には入りきれないまま最後のリハーサルが終わった。自分を俯瞰している もう一人の自分が邪魔をする。「あんたが藤壺?」と嘲笑う自分。そんな自分が「恥ずかしい」という気持ちを生み出す。

本番は、リュウさん演じる源氏の凛々しさと艶やかさに引き込まれて、無我夢中で言葉をかけた。

あっという間の時間だった。

なんとかなったかどうかは、自分では分からない。しかし舞台袖で私を待っていてくれたリュウさんから、「麻理さん! 本番でちゃんと藤壺になってた!」と声をかけてもらった時、完全に藤壺にはなれなくても、フジツボからは脱出できたと自信が持てた。

これからの私に期待してほしい。棒読みゼリフはもう卒業だ。多分。

〈第4部〉

なるなるの法則 ― 2022 ―

67 心支えられるラジオに

――帰る場所

年が明けてもう12日目となりましたが、今年も「なんとかなる！」と思っている皆さま、明けましておめでとうございます。大丈夫です。なんとかなります。

昨年の年明けは新潟市中央区でも大雪となり、駐車場の雪かきに追われ、実家に帰っている場合ではありませんでした。

今年はそんなこともなく、大みそかには実家に帰り、お正月にお雑煮を食べ、お酒をたらふく飲んでぐうたらざんまいでした。そうして過ごしていてふと思い出したのは、東京で暮らしていた時代のことです。

当時、東京から新潟に行くことを「帰る」、新潟から東京に行くことを「戻る」と、言葉を区別して使っていました。心情的には、ずっと東京に住んでも良かったのですが、東京はやはり仮住まいの土地で、新潟は最終的には帰る、本来の場所であるという思いがあったのでしょう。やっぱり結局帰ってきたなあと思いながら、晴れた正月の空を眺めていました。

今年のお正月は、久しぶりに家族親戚そろって迎えたという方が多いと思います。新年、ラジオの番組宛てにもそんなメールが多く届いていてうれしく読みました。

一方で、病院で年を越したという方もいらっしゃると思います。

閉局したFM PORT時代からずっと番組を聴いて応援してくれているラジオリスナーの女の子も、その一人です。クリスマス前にお母さんから連絡があり、入院することを知りました。

私が10年ほど前に初めて入院したのも同じ時期でしたが、私の場合はもう立派な大人だったので、クリスマスも年越しも別にどこで迎えたって関係ないと思っていました…。と、自分では記憶していたのですが、母によると、入院中、私はいつも不機嫌で「いい曲を見つけたよ」「面白い本があったよ」と声をかけても無視だったそうです。あぁ〜恥ずかしい…。自分の治療のことでいっぱいいっぱいだったのでしょう。

しかし彼女は違います。クリスマスには、かわいいイラスト付きのカードを送ってくれました。そこには『まりさんへ♥御守りステッカーやたくさんの応援メッセージをありがとうございます！　たくさん元気をもらいました。これからもあたたかくして、健康でいてください！』とありました。どんな状況に置かれても、明るく前向きに、他人を気遣う心も忘れずにいる彼女に頭が下がります。年始にも、お母さんと病室で作ったという折り紙ダルマを貼ったカードを送ってくれました。裏面には「ちょうどいいこころのささえ四畳半」の文字。

『なっちゃん、なっちゃんはもう十分頑張っているよ。いつでもラジオは、なっちゃんの帰る場所で、いつでも私はそばにいるよ。かわいいカードと優しい気持ちを、どうもありがとう！』

（2022年1月12日掲載）

なっちゃんがくれたカードです。イラストも折り紙もとっても上手！
器用でうらやましいな〜

68 無粋な前置きで台無し

――褒め言葉

先日また言われました。「もっとおばさんくさい人らと思ってたけど、意外とわーけんだね!」。以前も、「ずんぐりむっくりしたおなごらと思ったったけど、スラッとしてんねっけ」と言われたことがあります。これは全て、普段ラジオ番組を聴いてくださっている方が、初めて私と会った時におっしゃったことです。

「若く見える」「スラッとしている」、ここだけ切り取れば、褒められていることになります。しかし、ラジオのトークや笑い声から受ける私の印象は「おばさんくさい」「ずんぐりむっくり」ということですよね。それは喜んでいいのでしょうか。否。

拙著についても、「どうせ面白くないと思って全く興味がありませんでしたが、メルカリで安くなってたんで買って読んでみたらすごく面白かったです」とメールをいただいたことがあります。しかしこれも「読んだら面白かった」は吹っ飛んで、「どうせ面白くないと思って全く興味がなかった」の方が気になりすぎます。あなたが私の本を「どうせ面白くない」と思っていたのはなぜですか? なぜなのですかと、首根っこをつかんで揺さぶりたいです。もうひとつ、メルカリ情報もいらんわ。

そもそも、会う前、読む前のマイナスな印象を伝える意味ってあるんでしょうか?「スラッとして素敵ですね」「本、面白かったです」でいいはずです。本来、うれしいはずの言葉なのに、前段があるせいで台無し。どちらにとっても残念です。

●●だと思っていたら●●だったというのなら、ギャップ萌えを狙いたいですよね。ギャップ萌えとは、ある人の意外な一面を発見して心トキメクことです。「気が強いと思ってたけど意外と涙もろいところあるんだな」「華奢だと思ってたけれど、あんなに重たい荷物を軽々と運ぶなんて」とかそういうことです。

このギャップ萌えを歌った曲といえばclass《クラス》の「夏の日の1993」で、内容は「彼女が脱いだらすごかった」の一言で済みます。それまで友達だと思っていた彼女とビーチだかプールだかに行き、彼女が水着に着替えたら、ナンジャコリャー！（いい意味で）の代物だったという、聴けば聴くほど突っ込みどころ満載の一曲です。

また先日、テレビで、いわゆるイケメン俳優がインタビューに答えていました。その間中、画面の下部に視聴者からのコメントが出ていたのですが、その中に「イケメンなのに飾らない性格って最高！」というのがありました。それを読んで、世の中やっぱりそうなのかとため息をつきました。

飾らない性格だけじゃダメなんですよ。いや、いいんですが、ここに「イケメンなのに」が付くことで、こんなにも「飾らない性格」が引き立つものなのかと。なんなら、飾ったって許されるんですよ、イケメンは。だって、イケメンなんだから。これじゃあ普通の、飾らない性格の人がかわいそうです。しかも時に彼らは「飾らない性格」を「無頓着」という言葉に変換して語られます。世知辛いですなぁ。

（2022年1月26日掲載）

体育会系だと思っていた方が、たまたま入ったバーでピアノを見つけて弾き始めました。ギャップ萌えとは、そういうことです

69 料理に挑戦 味わい夢中

——米粉

凝り性というわけではないのですが、一度ハマると長いです。

例えば食べ物。「カツオのタタキ」は、今はわりと落ち着きましたが、一時期狂ったように食べ続けたことがありました。スーパーで見つけると買わずにはいられないのです。しまいには一週間の休みを取ってカツオの本場、高知まで赴き、お店をふた晩で、それぞれ3軒ずつ巡って、合計6軒の店のカツオを味わい尽くしました。ワラで焼いて香りをつけたタタキ、焼いた後に氷水で締めずに温かいままいただくタタキなど、お店によって提供の仕方が違うんです。

ある時は、理化学研究所（理研）の「わかめスープ」にハマり、「ふえるわかめちゃん」でワカメを増量し、毎日食べていましたし、またある時はフジッコの「ふじっこ煮しそ昆布」にハマり、ご飯や冷や奴にのせて食べまくりました。

そんな私が今、ハマっているものがあります。それは「米粉」です。その名の通り、米を細かい粉にしたもので、パンの材料にしたり、揚げ物に使ったりします。

先日、朱鷺メッセで、米の素晴らしさを伝えることを目的とした「ライス・エキスポ・ジャパン」というイベントがあり、その中で米粉を取り上げたプログラムがありました。

米粉といえば胎内市。日本初の米粉専用の製粉工場が造られたことで、米粉発祥の地として知られています。

それは私も知っていましたし、米粉料理も食べたことがありましたが、日常的に料理で使うかというと、正直使いません。このイベントを担当することになって初めて、スーパーで米粉を探してみたら、ちゃんと置いてあるんですね。早速使ってみることにしました。

まずは天ぷらです。普段は薄力粉と卵と水で衣を作るところ、薄力粉を米粉に替えてキス、レンコン、シイタケなどを揚げてみました。するとこれが信じられないほど、カリッカリに仕上がるのです。

また、グラタンのホワイトソースも作ってみました。普段は、バターと薄力粉、牛乳で作りますが、薄力粉を米粉に替えると、ダマにならず、クリーミーなソースが時短で簡単に作れました。

なぜこれまで注目してこなかったんだろう、米だけでなく米粉ももっとPRすればいいのになどと思いながら県の農林水産部のホームページを見てみると、あの、やなせたかし先生作の米粉PRキャラクター「コメパンマン」なるものがいるではないですか。

ちなみにお父さんお母さん、米粉は離乳食にもなります。そして、私世代と先輩の皆さん、米粉で白玉団子も作れます。とても滑らかで、喉に詰まる心配がなく安心して食べられます。

（2022年2月9日掲載）

私が作りました！ …と言いたいところですが、イベントで、新潟こめこクラブさんがふるまってくれた米粉を使ったグラタンと、タレカツバーガー、最高でした！

70 残すために日々通おう

――思い出の店

生まれ育った町にはたくさんの思い出があります。

叔母が休みの日には、自転車の後ろに乗ってパチンコに付いて行き、玉拾いをさせられた後、喫茶店でチョコレートパフェを食べるのが楽しみでした。いつもの喫茶店に向かう途中、舗装された道ではなく、わざと砂利の敷かれたガタガタ道を通るのもお約束で、「あーーー」と言いながら、震える声に二人で笑いました。

近所には銭湯もありました。小さな銭湯だったと思うのですが、私の記憶の中では道後温泉本館くらいのイメージです。大きくて明るくて、湯煙の中、お喋りや笑い声が絶え間なく飛び交っていて、祖母の白い背中を力いっぱい流すのも好きでした。

同級生のお父さんがやっている焼き鳥と半身揚げのお店は憧れでした。親戚の集まりなどがあると、注文した半身揚げを取りに行くのですが、その渡し口から、店のカウンターでしっぽり飲んでいる大人を垣間見ることができ、それはそれはかっこよかったです。私もいつかそこに座ってキメるんだと決心したものですが、その「いつか」は、現在「いつも」になっています。

そして大好きな場所といえば、本屋さんでした。子どもの頃から本が好きで、いったん入ると最低二時間はいないと気が済みませんでした。一冊１００円もしない手の平サイズの小さな絵本が並ぶ回転ラックを何度もくるくると回して、その日買ってもらえる何冊かを、たっぷりと時間をかけて選んだものです。

街からこれ以上なくなってほしくないもの、それが私にとっては銭湯であり、飲食店であり、本屋さんです。しかし残念なことに、時代の流れや感染症の影響で、数は減少傾向にあります。

「あのお店、なくなるんだって」と聞いてから行っても遅いのです。そうならないようにするために何ができるかと考えて、この度、実行委員会を結成して「新潟と本とごはん」という冊子を作りました。

この冊子が県内の一部の書店で無料で配布されます。無料ですが、お気持ちを「本との出合い代」として、いただければ幸いです。いや、まわりくどい言い方はやめましょう。冊子をもらったら、その書店でぜひ本を買ってください。一冊以上、上限なしでお願いします。

（2022年2月23日掲載）

冊子に収録されている座談会の1コマ。左が北書店の店長であり編集長の佐藤さんで、右は「しょっぺ店（個性豊かな味のある店）」名付け親の伊藤さんです

71 受け手の思いに配慮を

――言葉の力

もう半世紀近く、自分と付き合ってきましたが、いまだに「自分ってめんどくさい」と感じることがあります。

例えば、テレビのワイドショーの12星座運勢占いで、11位から2位まで発表した後、1位の前に最下位を言うパターンがあります。その際、アナウンサーが「今日最もツイてないのは、ごめんなさい双子座さんです」という言い方をするのですが、それが解せません。

なぜ謝る。謝るくらいだったらランキング形式をやめて、牡羊座から順に運勢を発表したらいいじゃないかと思うのです。と同時に、そんなのどうでもいい、そんなことでいちいちイライラしてどうするんだと自分に疲れてしまいます。

また、他人から褒められた時、これは褒められているのか？ と疑問に思うことがあります。

例えば「麻理さんは、ラジオ向きだよね」という一言。ラジオ向き？…それって「声がいいから」というより「声はいいから」ということですか。これも、そんなこと考えないで、好きなラジオに向いていると言われたことを素直に喜べばいいのにと思うのですが、ひねくれた性格が邪魔します。

つくづく、言葉って難しいですよね。褒めているつもりでも、受け手によって伝わり方が違ってきます。

「痩せたね」という一言だって、痩せたくてダイエットに励んでいる人にとっては褒め言葉になりますが、そうでない理由で痩せた場合もあることを想像しなくてはなりません。太っていることが悪で、痩せていることが善のような風潮がありますが、世の中にはいろんな事情を抱えた人がいます。

このことで思い出したのですが、中学生の頃、豊満なバストを持つ友人に「走りやすそうで、うらやましい」と言われたことがありました。その頃の私は、彼女と反対の意味で、驚異の胸囲（ぺちゃんこ）をコンプレックスに感じていたのですが、彼女は本気で悩んでおり、胸が大きけりゃ大きいで、これまた苦労があるのだなと感じたものです。

なぜこんなことを考えたのかというと、新潟市西蒲区社会福祉協議会が、生きづらさを抱えた方に向けて発行した冊子「ｉｒｏｉｒｏ　～ホントはみんな、生きづらい～」に参加させていただいたことがきっかけです。

ここには、さまざまな生きづらさを抱えた人と、その人に寄り添い支援する人の対談や、寄稿文が収められています。私は「生きづらくて何がワルい」という見出しの巻頭インタビューで、冒頭の星座占いのことなども含めて話しました。

この冊子の中に、新潟日報の中村茂雄さんの寄稿もあります。中村さんは小さい頃から「真面目だね」と言われることがあるそうですが、それについて「当然、うれしくはない」と書いています。

誠実に仕事に取り組んでいると感じた人に対して、私も使ったことのある言葉なので、ハッとしました。そしてその言葉に、尊敬や信頼とはまた別の感情は一切含まれていないと言い切れるのか、考えさせられました。

（2022年3月9日掲載）

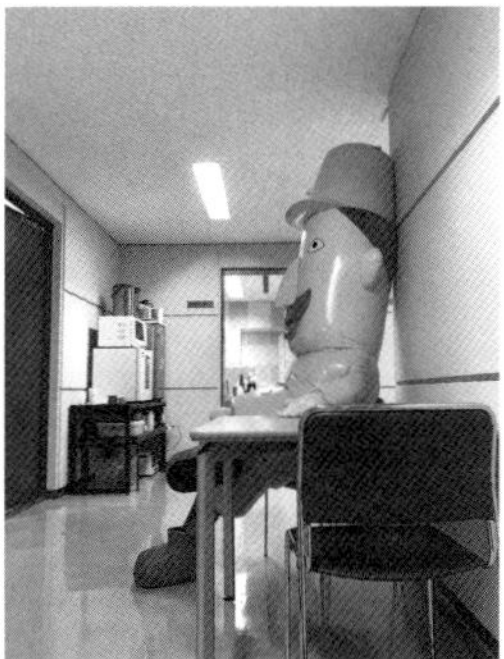

ラジオ番組出演待ちのレルヒさんのオフショット。レルヒさんも生きづらさを感じることがあるのかな～…

72 大切な人思い浮かべて

――第4楽章

幼い頃、まだ小学校に上がる前の、とある日の夕暮れ時。書籍やレコードが無造作に差してある棚から何げなく引き抜いた一枚のレコードが、サラサーテ作曲「ツィゴイネルワイゼン」でした。

それまで私がかけるレコードは、「犬のおまわりさん」や「かもめの水兵さん」、アンデルセン童話「雪の女王」の朗読で、それらとは大きさがふた回りも違うLP盤です。

ジャケットに描かれているのは、葉が一枚もない枯れた大木で、時間帯を表現するなら「逢魔時《おうまがとき》」とでもいうのでしょうか、寂寥感漂う不安な絵画でした。

このレコードには一体何が入っているのだろうと、こみ上げる好奇心を抑えることができず、部屋の明かりをつけるのも忘れ、おもむろに針を落とし、やがて流れてきた旋律を耳にした時の衝撃たるや。私がクラシック音楽に初めて触れたのがこの時です。それから自宅にあるクラシックのレコードを次々と聴くようになりました。

お気に入りの曲は数多くありますが、そのいくつかの出合いは、映画でした。

例えば、ミロス・フォアマン監督の「アマデウス」。天才モーツァルトの謎の生涯を描いた傑作ですが、この中でモーツァルトが死の直前まで取り組んでいた未完の遺作「レクイエム」を知りました。

以来、この曲の虜になったのはもちろんのこと、モーツァルトを含む三大レクイエムと呼ばれる、フォーレとヴェルディの「レクイエム」のCDも購入し、毎晩、睡眠時にローテーションで聴いていた時期があります。そうしたら、ある日具合が悪くなりました。レクイエムとは、死者にささげる鎮魂歌…取りあえず毎晩聴くのはやめました。

もう一つは、マーラーの交響曲第5番第４楽章「アダージェット」です。ルキノ・ヴィスコンティ監督の「ベニスに死す」の中で印象的に使われています。

マーラーがこの楽章を書いたのは、のちに妻となる約20歳年下のアルマと出会った41歳の頃です。それまで楽曲の構想に、第４楽章はなかったのに、アルマと出会ったことで生まれた、言ってみればアルマへのラブレターとも言える楽章です。筆舌に尽くし難いほどの美しさで、どんだけ愛していたんだよと突っ込みたくなります。ぜひ聴いてみてください。

「アダージェット」を聴いて心に思い浮かんだ人こそ、あなたにとって大切な人です。たとえ側にいなくても、その人をすぐ近くに感じられる、温かなひとときとなるでしょう。


（２０２２年３月23日掲載）

モーツァルト「レクイエム」にぴったりなイメージの一枚。「天国への階段」と名付けました

73 新グッズで楽しみ倍増

――キャンプ

今回の原稿は、キャンプ中の河原で書いています。

眼前には川が流れ、杉のこずえでキロキロと鳥がさえずり、薪の香ばしい匂いがしています。

キャンプデビューは、今から20年ほど前でした。サイコー。それまで一度もテントを張って寝た経験がない私を、キャンパーの友人が「まずはバンガロー泊からだね」と連れて行ってくれたのが、長野県にある青木湖キャンプ場でした。

その提案を聞いた時、正直恐ろしい気持ちがしました。だって、湖でのキャンプといえば、クリスタルレイクのジェイソンだからです（映画「13日の金曜日」より）。

こう見えて、いやイメージ通りかもしれませんが、ホラー映画が好きで、13金シリーズももちろん全て見ています。クリスタルレイクという湖にキャンプに訪れた若者たちが、次々と怪物ジェイソンに襲われるストーリーで、それ以来、私の中では「湖のほとりでキャンプ」イコール「全滅」と決まっていたのです。しかしこれが、ものすごく楽しいキャンプとなり一気に好きになりました。

その後、バンガローを出て、テントを張ることを覚えていくのですが、当時の道具はゴザと七輪だけ。七輪で焼いた1匹のサンマをつつきながら酒をチビチビやるという渋いものでした。

キャンプで生まれたロマンスもあります。ある時、料理もテント張りもろくにできない私は「人数分のカレースプーンを持ってくる」という役割を与えられました。ところが、これをすっかり忘れてノコノコと身一つでやってきて、メンバーからは「どうやって食べるのー！」と非難の嵐。

そこに登場した救世主が彼でした。「なければ作ればいいじゃない」と、海辺から流木を拾ってきて、ナイフ1本で、人数分のスプーンを作ってくれたのです。ちなみに彼は、「タープがなければブルーシートでいいじゃない」と、風を読みながら流木を支柱にして上手に組み立てます。

そんな彼のスタイルに憧れた私は、せめてゴザと七輪スタイルを貫こうと思ったのですが、挫折しました。というのは、当時一緒にラジオ番組を作っていたスタッフたちが、私がキャンプ好きだということを知り、毎年の誕生日に、キャンプグッズをプレゼントしてくれるようになったからです。

そうして、ゴザは座り心地のいいイスに変わり、七輪はたき火台に変わり、プラスチック製のクーラーボックスはおしゃれなクーラーバッグに変わりました。便利って怖いですね。こうなるともう戻れません。

この夏は、おニューの「シュラフ」を購入しようと思っています。「寝袋」と言えよ、ですよね。

そうこうしているうちに、火が起きたようです。朝のキャンプ飯は、コーヒーと去年張り切って買ったホットサンドメーカーで作るハムチーズサンドです。サイコー。

（2022年4月13日掲載）

SWAMPさんがナビゲートするBSNラジオのキャンプ番組「レイドバックライフ」に出演した際の1コマ。火は人を正直にします

74「地方発」の気概に共感
――犬ころたちの唄

以前、番組スタッフに「都落ち」と呼ばれるスタッフがいました。これは番組に出演する時に使う愛称のようなもので、ほかのスタッフの呼び名も、だいたい私が付けていました。

なぜ「都落ち」かというと、東京の事務所から新潟へ出向になったスタッフであること、また東京生まれ東京育ちの彼が、事あるごとに「東京では」「東京なら」と、東京を持ち出すのがうっとうしかったからです。

一方でその言葉は、かつての自分に向けられたものでもありました。マスコミ業界で活躍するという夢を抱いて意気揚々と上京したものの、どこにも就職できずトボトボと帰ってきた過去があるからです。

また、新潟でラジオ局に入ってからも、やりたいことがやらせてもらえず腐っていた時期がありました。当時よく一緒に酒を飲んで愚痴っていた同僚が今でもたまに言いますが、あの頃の私は口癖のように「こんな田舎にいる場合じゃない」「東京に出ないとこの仕事する意味がない」「新潟になんか何もない」と言っていたそうです。

新潟には何もない、とはよく聞く言葉です。

今年の正月、新幹線で若いカップルの会話を聞きました。恐らく彼が新潟の人で、両親に紹介するため、初めて彼女を故郷に連れてきたのでしょう。車窓の風景を眺めていた彼女が、間もなく新潟駅に到着するという時に言いました。「何もなくない？　やばくない？」と。しかし、考えてみれば彼女の発言も仕方ありません。だって、彼女はまだ何も見ていないのですから。これは私たちにも言えることで、何もないと思うのは、何も見ていない、何も知らないということなのです。

先日、番組のゲストに、映画「犬ころたちの唄」を撮った前田多美監督をお迎えしました。この映画は広島が舞台で、主役は広島で活動している三人組の「深夜兄弟」という音楽ユニットです。

大阪出身で38歳の前田監督は、もともと東京で俳優として活動していましたが、32歳で広島に移住し、自らも出演する映画監督になりました。

今回の作品は、歌はもちろんのこと、生粋の広島弁で話す「深夜兄弟」がとにかくかっこいいのです。そこでしか生まれなかった、そこだからこそ生まれた作品であり、「彼らに会いたい」「広島に行きたい」と思わせます。

監督はインタビューで「東京でしかやれないと思っていました。でも今は、地方から全国へ、地方から世界へ。これができると確信しています」とおっしゃっていて、あらためて、どこにいるかじゃない、何をするかなんだと感じました。

全編が酒と音楽に満ちている「犬ころたちの唄」。映画を観た帰り道、自分の暮らす街の、これまで行ったことがなかった路地裏のスナックにでもふらりと入ってみたくなること間違いありませんよ。

（2022年4月27日掲載）

「深夜兄弟」のメンバー、ミカカさんが古町で路上ライブをしました。痺れました

75 歴史学んで愛着深まる

――大河津分水

20代の若い頃、友人が恋人と一緒に行ったと聞いて嫉妬したデートスポットは、出雲崎の夕凪の橋、寺泊のカフェウインズ、分水の土手でした。

夕凪の橋は、橋の突端に、恋人と南京錠に鍵をかけて永遠の愛を誓う場所です。カフェウインズは、お店の隣にハートの鐘があって鳴らすと幸せになれるという言い伝えがあり、分水の土手は、春は桜並木が美しいお花見スポットです。私自身はこれらの場所に、殿方と訪れたことは一度もありませんでした。

しかし、南京錠なんていつか錆びるんだと言い聞かせ、カフェウインズでは名物のカレーライスを食べることに全集中。分水の土手は、安全のために、常にライブカメラで監視されていて、ズームアップもできるんだから、君らがそこでイチャイチャしているのも、監視員の皆さんに見られる恐れがあるんだぞ、ああ恥ずかしいと心の中であざ笑っていました。卑屈でした。

ただ、これらの町とは何かとご縁があります。

例えば、学生時代にアルバイトしていたのは、寺泊魚の市場通りでした。早朝から夕方まで南蛮海老の皮むきにいそしみ、その手さばきはバイトメンバーの中でもトップクラスを誇りました。

FM PORT時代には出雲崎を舞台に「良寛さんはまりが好き」というラジオドラマを制作しました。

また現在では、川に親しみ、川に学んでもらおうとさまざまな活動をしている市民団体「ラブリバーネット」に呼んでいただいて、大河津分水で行われるイベントに参加しています。

そのおかげで、私にとっての「分水の土手」がだんだん明るく楽しいものになり、大河津分水自体にも興味が湧くようになりました。

大河津分水は、信濃川を分岐して造られた人工の河川です。

大雨のたびに決壊し、3年に1度は大洪水を引き起こしてきた信濃川や中之口川。有名なのは1896（明治29）年7月の「横田切れ」です。現在の燕市横田の信濃川堤防が決壊したことで、長岡から新潟までの越後平野が泥海となりました。低い土地では11月までの4カ月間、水が引かなかったと伝えられています。

それが大河津分水が完成した後は、信濃川が決壊したことは一度もなく、米の収穫量も3倍に増えました。

その大河津分水が、2022年、通水100周年を迎えました。100年もの間、越後平野を守り、繁栄させてきたのです。信濃川大河津資料館には、当時の工事に使われた実物のトロッコも展示されています。まだ行ったことがない方は、ぜひ訪れてみてください。

ちなみに分水の土手の近くにあるショッピングパーク「パコ」は、近くに行くと必ず立ち寄るお店です。鮮魚と缶チューハイの品ぞろえが豊富で、こちらもまたおすすめです。

（2022年5月11日掲載）

2019年9月開催の「大河津分水サンクスフェスタ」での1コマです。ボートで大河津分水に繰り出す乗船体験は、とっても盛り上がりました！

76 全力の対応 笑いが肝要

――お悩み相談

小学生の頃、新聞を好きになるきっかけは朝日新聞で連載されていた「中島らもの明るい悩み相談室」のコーナーでした。

これはその名の通り、全国から寄せられたさまざまな明るい悩みに、中島らもさんが独特の切り口で答えていくというもので、らもさんの回答はもちろんのこと、お悩み自体がバカバカしくて面白いのです。

例えば「チャーハンを単品で頼んだ時には必ずスープが付いてくるのに、ラーメンを頼んだ時には付いてこないのは納得いかない」とか、「うずらの卵の卵かけご飯が大好きな4歳の息子が、お風呂で自分の睾丸を見つけ『たまごが二つもある!』と喜び、『ママのも見せて』と迫られて困っている」といったものまで、どうでも良すぎて、これから学校に行かなければという憂鬱な朝に随分と助けてもらいました。

その頃から、私もいつか、人を大笑いさせるのではなく、こんなふうにクスリと笑わせたいなあと感じるようになりました。

中島らもさんは、「明るい悩み相談室」について「世の中でほんとに面白いのは〝おばちゃん〟である」と言っています。面白い相談を持ちかけてくる人、また相談に対するユニークな回答を送ってくれるのも、ほとんどが30代から50代の女性だというのです。

私もいつの間にか、その〝おばちゃん〟世代になりましたが、それだけではなく、らもさんのようにお悩み相談にも答えるようになりました。

新潟日報デジタルプラスで放送している「愛ちゃん&麻理ちゃん　お悩み相談スタジオ」です（現在は「あいまりタイムズ」）。もう一人のおばちゃんであるフリーアナウンサーの松本愛さんと二人で、リスナーの皆さんのお悩みに答えています。

過去に配信されたものでは「結婚35年。夫にボディタッチしたいのだけれど…」とか「60代夫が不倫!?LINEが気になりこっそりスマホを…」といったものがあります。

これを受けて、メディアシップで見たストロング缶を飲んでいた男性の考察や、最近血圧が高いとか、肋骨が痛いといった自分の身体の不調、またこの間などは、どうしてそうなったのか忘れましたが、ストッキングを破かれたことがあるとかないとかいう暴露話で盛り上がりました。

本気で答えようと頑張っているのですが、これまで一度も解決に導けたと自信を持って言える回がありません。

でも、相談者さんや、聴いてくださった方たちからは「解決には至りませんでしたが笑いました」とか「お二人の話を聞いていたらなんだかどうでも良くなりました」というメッセージをいただきます。

どんなにつらく切ない状況下であっても、悩みの渦から抜け出して客観的に自分を見ることで、深刻になり過ぎず、ネタにもなります。笑いとばしていきましょう。

（2022年5月25日掲載）

「居酒屋　どんぞこ」…最高のネーミングです。いつかこのお店で、悩める皆さんと一緒に飲みたいです！

77 日常に彩り与える能力

――少し不思議

友人の４歳の息子が、ある時、何の前触れもなく「じいじ」と呟いたら、その直後に電話が鳴って、入院していたおじいさんが亡くなったという知らせだったそうです。

ちなみにその子は、誰もいないところに向かってニコニコしたり、「バイバーイ」と手を振ったりすることもあるとか。私たちには見えない何かが見えているのか何なのか分かりませんが、子どものこういう話は、わりとよく聞きます。

私が幼い頃にはそういったことはなかったようですが、いくつか不思議な能力は持っています。

どんな能力かといいますと、まず「カエル鳴きやませ能力」です。田植えの季節になると、カエルたちが田んぼで一斉に鳴き始めますよね。当時、実家の前が一面の田んぼで、初夏になるとそれはそれはうるさいほどの、カエルの大合唱でした。カエルたちは、１匹が鳴き始めると続いて一斉に鳴き始め、やがて合図したかのように急にピタリと鳴きやみます。

私は、それをコントロールできるのです。カエルがゲコゲコ鳴いている時に窓から顔を出して「やめっ！」と言うと、ピタリと鳴きやむんですよ。ご近所の目もあるので、叫んだりはしません。小さな声で囁きます。ですから、声に反応して鳴きやむのではないのです。すごい能力でしょう？

次に「時間を計らずに理想のゆで卵を作る能力」です。鍋に火をかけ、そこに卵を入れてタイマーをかけたりせずに「今かな」というタイミングで火から下ろします。すると百発百中、半熟の理想的なゆで卵なのです。時折、火にかけたことを忘れるのですが、適切な時間がくると不思議と思い出すのです。すごい能力でしょう？

最後は「兄弟姉妹を当てる能力」です。その能力に気が付いたのは、ラジオ番組にお迎えしたゲストの方の兄弟姉妹をピタリと言い当てた時です。三人いる真ん中っ子で、上がお兄ちゃんで下が妹ということまで当てたんですよ。それからゲストが来ると聞くようになったのですが、これが8割方当たるんです。このようなすごい能力が私には三つもあるんです。

しかし…正確には、あったのでした。そうです、今はどの能力も失われてしまいました。

カエルの合唱が始まるたびに「やめっ」と叫んでみても、カエルたちは無視。ならばと大声を張り上げてみても、鳴きやむどころかさらに大きな声でゲコゲコゲコ…ショックです。ゆで卵も、いつの頃からか早すぎたり遅すぎたりするようになり、今では「アレクサ（人工知能）、9分たったら教えて」とお願いして作っています。屈辱です。兄弟姉妹当てもさっぱり当たらなくなってしまいました。

世の中に必要とされる能力はたくさんありますが、私にとって、このような一見何の役にも立ちそうもない能力こそ、日常に面白みを添えてくれる大事なものでした。

取り戻すべく、先ほど、久しぶりにアレクサに頼らずゆで卵を作ってみました。

結果は写真をご覧ください。

（2022年6月8日掲載）

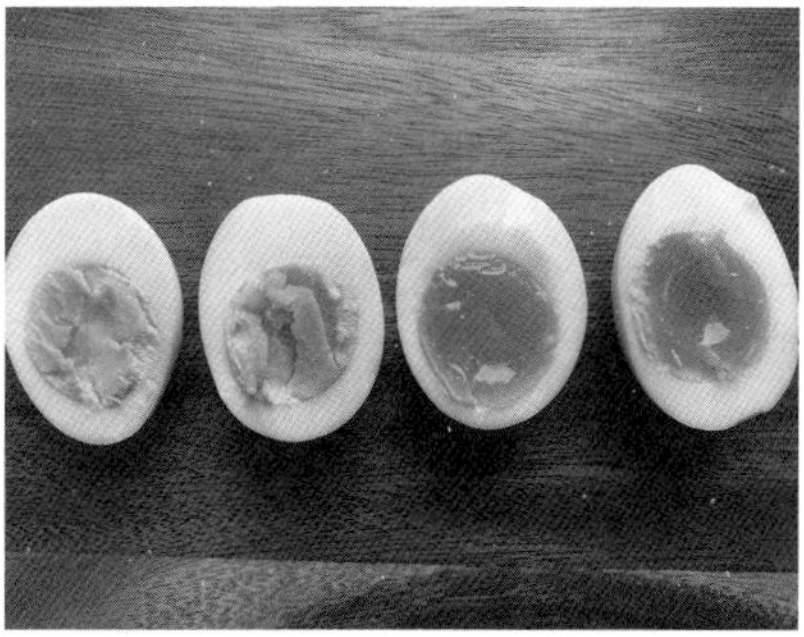

4回挑戦しました。左から1個目と2個目は固すぎ、3個目はやわらかすぎ、一番右はアレクサにお願いしたもので完璧。ショボーン

78 過去話で笑う日も大切

——閉局から2年

6月30日で、以前勤めていたFM PORTが閉局して丸2年になります。

新潟市中央区万代に行くと、今でも3階に局があったコズミックスビルを見上げます。確かにここにあったのだけれど、「FM PORT」の文字はもうどこにも見当たらず、その光景にいまだ慣れない自分を確認します。

FM PORTで一緒に番組を作っていた仲間たちは、現在、皆それぞれの場所で、それぞれの生活を送っています。

私のように別の放送局で番組制作を始めた人、自分で会社を立ち上げて、新しい仲間と邁進している人、いつかまたラジオの世界に戻ると誓っている人などさまざまです。

そんな仲間たちとたまに集まると、当然PORTの話題になり、あの頃の失敗話、今だから言える話などに花が咲き、思い切り笑えるのですが、そのうち誰ともなくこうこぼすのです。

「でもさ、いつまでもここにとどまってちゃいけないんだよね」、そしてみんなで「だよね〜」とため息。

確かに、あのビル・ゲイツも「問題は未来だ。だから私は、過去を振り返らない」と言っているし、寺山修司だって「振り向くな、振り向くな、後ろには夢がない」と言いました。

でも私は、「いいじゃないか！　振り返ったって！」と声を大にして言いたいです。それは、昔話ほど楽しいものはないからであり、年を重ねて経験が増えたからこその特権だと思うからです。

普段、仕事関係で人に話をする時、私たちは何か価値のある話、気の利いた話をしようと心がけ、この先のより良い人間関係を築くための努力をします。

また、人の話を聞く時も、この先の自分のために、役に立つネタや知識を得ようとします。普段の仕事ではそれでいいですし、それが当然とも思いますが、いつもそんなふうだと疲れてしまいますよね。

バカ笑いできるのは大抵、未来の話ではなく、過去の話です。

例えばPORT時代、原稿の「きんまた」という老舗料理旅館の名前を、「ま」と「た」を逆にして放送で読んでしまった話は、何度しても笑えます。しかもその「きんまた」が「松茸」を競り落としたという話題だったものですからたまりません。

今年のゴールデンウイークに昔の友人と久しぶりに会った時も、実のある話など一つもしませんでした。ほとんどすべてが過去のどうでもいい話で、どちらがモテたとか、どちらがバイト代を稼いだかとか、この先に何の役にも立たない、過ぎた時間の話です。だけどそれが本当に楽しくて元気が出るのです。

いつだって振り返って、あの頃の話をして、一緒にたくさん笑いましょう。そんな懐かしい時間こそが、明日の私たちを支えて励ましてくれる、大きな力になるのだと思います。


（2022年6月22日掲載）

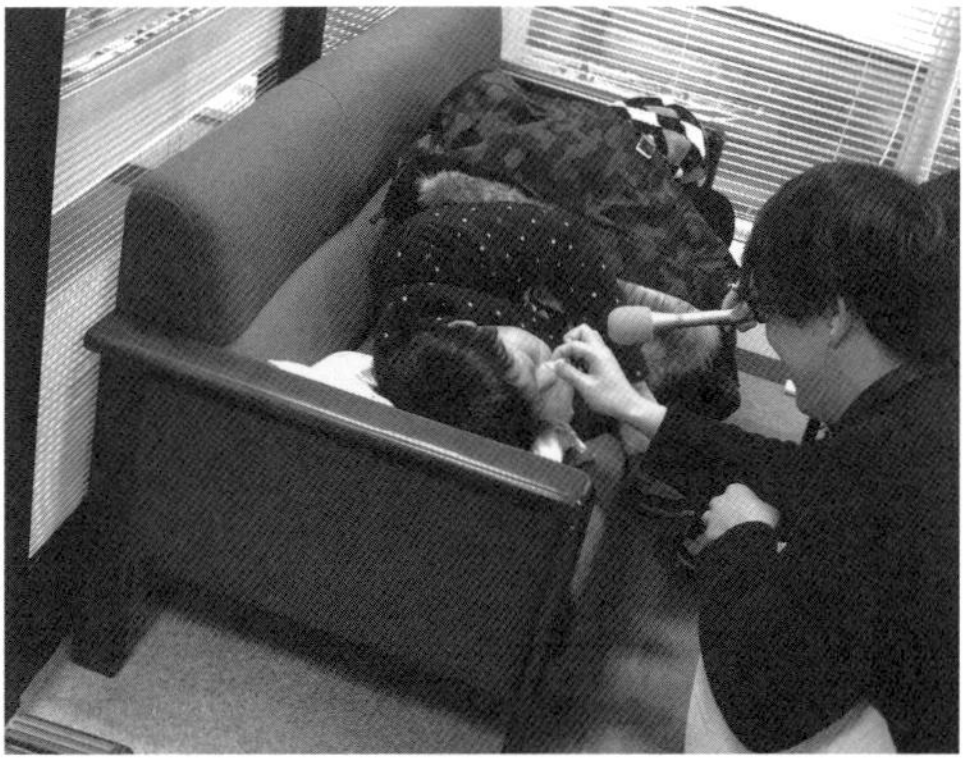

「モーニングゲート」生放送での1コマ。仮眠中のスタッフの鼻の穴にティッシュで作ったこよりを突っ込んでいます。変な番組でした

79 大海原 思い出 プカプカ

――大好きな夏

大好きな夏がやってきました。

どんなところが好きかというと、その一つに「夏の音」があります。風鈴や花火、セミのにぎやかな鳴き声はもちろんのこと、風のある涼しい夕暮れに、網戸にしている家から漏れ聞こえてくる音が好きです。

こうして書いている今も、どこのお宅からか姿は見えませんが、子どもが口ずさむ、元気なデタラメ歌が聞こえます。茶わんか何かをたたいてリズムを取っているのか、チンチキチ～ンと甲高い音も聞こえます。

時には家族の笑い声だったり、テレビの音だったり、当たり前ですが、いろんな家でいろんな人が生活しているんだなあとしみじみと感じられるところが好きなのです。

でも一番好きなのは、やはり波音でしょうか。

海といえば中学生の時、部活が終わって、みんなで海に行こうという話になったことがあります。そのうちの一人の女子が「家に連絡しておくね」と言って電話をかけると、お母さんに「海なんか行ったらダメ！」と言われました。彼女が「大丈夫。泳がないから」と返したのは、子どもだけでの遊泳は危険だと心配しているからだろうと思ったからです。しかし理由はそこではなく「海は不良の行く場所だから」というものでした。

その意味が当時はよく分かりませんでしたが、年齢を重ねるうちに、「やっぱりお母さんの言ってること正しいかも」と実感することは何度かありましたね。

海では、いろんな経験をしました。バイクの後ろに初めてまたがったのも海、知らない男の人たちと花火をしたのも海、夜通し飲んで寝て砂浜で朝を迎えたこともありました。好きな人と一緒に夕日を眺めたのも夏の海です。あの人は何にも喋らず、私じゃなくて、海ばっかり眺めていたっけな…。

新潟の海岸は、それぞれに表情があって、好きな浜はいくつもありますが、新潟市西蒲区の角田浜は、思い出もたくさんある特に好きな浜です。

私の夢は、角田岬灯台の石段をバージンロードとして、てっぺんからウエディングドレスを着て下りてくることです。新郎は、下で小舟に乗って私を迎えます。彼の手を取り舟に乗り、皆が待つ浜茶屋へとこぎ出します。そこで三日三晩、飲めや歌えの酒池肉林…まだ諦めていません。

先日、初泳ぎに行ってきました。浮輪に乗ってプカプカしていると友人が「海の好きなとこ三つ挙げて」と言います。私は「ん〜、大きいところ…あと気持ちいい！ それから〜生き物がいっぱいいるところ！」と答えた後で、なんだその回答と思いましたが、いいんです。夏は、難しいことはな〜んにも考えなくていいんです。少なくとも海でプカプカしている間は。


（2022年7月13日掲載）

初泳ぎの一枚です。何年か前まではビキニでしたが、今はしっかり長袖長ズボンでプカプカです

80 髪と手？　まだまだ若い

――指南

最近、担当しているラジオ番組に「恋がしたい！」とか「恋をしよう！」といったメールが多く届きます。やはり「夏」という開放的なこの季節が、そんな気持ちにさせるのでしょうか。いいことだ、いいことだ。

恋なんて、人生で何回もできるものじゃないですよね。本気で好きになって、もうこの人がいれば、あとは何にもいらないと思えるほどの恋、前後の見境もつかなくなるほどのめり込める恋っていうのは、数えるほどしか経験できません。

私も20年以上前になりますが、合コンで知り合った七つ年下の男性に、見事に落ちました。

年下の男性を好きになることはそれまでなかったのですが、かわいいんですよね。私よりお酒が弱くて、「今日もまたマリちゃんに負けた。情けないなあ、俺」とか言いながら、居酒屋のテーブルに突っ伏すんですよ。

そんな彼だったもので、お姉さんの私がリードしなくちゃと思って、ある時「私たち、付き合おっか」と言ってあげました。ところが彼の返事は「え？　なんで？」…それ以来、電話に出てくれなくなり、この恋はあっけなく終わりました。

でも今になって、私は彼を心配しています。年上女性を粗末にした彼が果たして出世できたかしら…と。私がこれまで勤めた職場では、年上の女性を大切にし、「おつぼねさま」と呼ばれる方にかわいがられている男性社員が出世しているからです。

芸能界を見てください。なんてったって亀梨和也さんです。過去に20歳も年の離れた小泉今日子さんと恋仲になり、別れた後も躍進しました。「年上の女房は金のわらじを履いてでも探せ」と、昔の人も言っています。

そういえば、この間ラジオに出てくださったご夫婦の年の差が10歳で、結婚したのが、夫が29歳、妻が39歳の年だったそうです。関係ないのに思わず夫に「ありがとうございます」と感謝を述べていました。彼女には「どうやって29を仕留めたのですか？」と聞かずにはいられませんでした。

さて、最後に、これからを生きる若い男性たちにアドバイスです。

以前、テレビで、人気の若手男性俳優が「女性と出会った時、最初にどこを見ますか？」と聞かれて「髪と手」と答えていました。ダメです。さまざまな世代が見ているテレビではもちろんのこと、複数の男女が集う場では、誰一人振り落とすことのない答えを選択しなければいけません。「髪と手」なんて答えたら、明らかに対象外になる女性がいるじゃないですか。

髪と手というのは、老いが特に現れる箇所なんです。髪にはつやとコシがなくなり、手はシワが増え、ああ年とったな〜と如実に感じる二大パーツと言っていいでしょう。

そんな質問にばか正直に答える必要はありません。「目」とか「全体の雰囲気」あたりにしておくことをおすすめします。

（2022年7月27日掲載）

不穏な関係性を感じます。三角関係でしょうか。それよりも何よりも、地中海風、男前術…って？

81 諦めと思い切り大切？

――食の雑念

先日、平日の午前中に、とあるコーヒーショップに寄りました。ホットコーヒーをお願いしたら、「モーニングサービスはいかがいたしますか？」と聞かれたので「いえ、コーヒーだけで結構です」と言ったんです。

ところが、テーブルの隅に立てかけてあるプレートをよーく見ると、モーニングサービスの「サービス」は、まさに正真正銘のサービスで、コーヒー1杯に、おまけ（タダ）で、厚切りトーストとゆで卵、もしくはミニパンケーキが付くそうな。つまり、コーヒーだけを頼んでも、モーニングサービスを付けても値段が同じなのです。てっきり別料金がかかるものだとばかり思い込んでコーヒーだけにした自分を呪いました。

こんな時、あなたならどうしますか？　店員さんはもうとっくに行ってしまいました。わざわざ呼び鈴を押して呼び出して「やっぱりサービスのトーストとゆで卵を付けてください」と言えますか？　そんなことで呼びつけるなんて申し訳ないです。かといって、わざわざ厨房まで出向いて「やっぱり付けてください」と言えるでしょうか。私にはできませんでした。

その後、別のお客さんが入ってきて、パーテーションを挟んだ隣の席に腰かけました。彼はぬかりなく、コーヒーと、サービスセットのトーストとゆで卵をオーダーしました。「ですよね～。頼まない手はありませんよね。でも私、やらかしちゃったんですよ、も～ばかですよね～」と、心で語りかけました。

やがて彼のもとに食事が運ばれてきたようです。私は、そのコーヒーにいちるの望みを託していました。モーニングサービスを付けたコーヒーのカップが、単品で頼むよりもスモールサイズでありますようにと願ったのです。もしもそうであったなら、私の心がほんの少し慰められます。期待を込めて、そぉ〜と隣のテーブルをのぞいてみると…そこには私のと同じサイズのカップになみなみと注がれたコーヒーが…ギェ〜〜〜！　傷心のままお店をあとにしました。

　時計を見ると、もう少し時間があったので、気を取り直して今度はファミリーレストランに寄ることにしました。私はファミリーレストランのランチが大好きなのです。安くて早くて美味しいし、一番うれしいのは、スープが飲み放題というところです。日替わりランチをお願いすると、スープコーナーに直行です。まずランチが来る前に1杯、ランチ中に1杯、終わり頃にもう1杯、なんなら食後にもう1杯と欲張ります。

「今日のスープは何かな〜」とワクワクしながらのぞくと、中華風スープで、具はワカメとモヤシとニンジンでした。ここで直面するのが、具をいかに多くすくうかという難題です。すくったことがある方なら分かると思いますが、あのステンレス製の鍋に入ったスープの具を、あのお玉で存分にすくうのは至難の業です。うまくすくう技を、以前「タモリ倶楽部」で見たけれど、試してもうまくいきませんでした。

　しかし、ここでさっきのトーストとゆで卵を取り返さなくてどうするんだという執念で、かきまぜてはすくい、またかきまぜてはすくってと、あくなき挑戦を続け、ふと視線を感じて振り返ると、そこには順番を待つ小学生の女の子がいました。恥ずかしさでいっぱいになり、慌てて盛ったカップの中には、1本のモヤシとワカメの切れ端…。人生、まだまだ修行です。

（2022年8月10日掲載）

愛媛県の無人販売所で売られていたミカンです。10個以上入って1袋100円ですよ。さすがミカンどころ！

82 人も物も不遇に魅力

——能「融《とおる》」

りゅーとぴあ能楽堂で、お能の催しをすることになりました。お能の魅力はきらびやかな衣装をまとった舞はもちろんですが、扇子を立てたり置いたりするしぐさを含めての地謡や、掛け声にも個性が表れる大鼓や小鼓などの楽器にあります。見ていると容易に音が鳴っていると感じる鼓ですが、実際はどうなのでしょう。今回は三条市出身の能楽師、川瀬隆士さんとのトークの中で鼓をたたかせてもらえるそうなので、今から楽しみです。

またテーマが「十五夜」で、月にちなんだ演目「融《とおる》」を佐渡市出身の宝生流能楽師、大友順さんが上演するのですが、その前には、作家の敷村良子さんが書いてくださったあらすじを私が朗読します。

「融」というのは、平安初期の政治家で歌人、また「源氏物語」のモデルとも言われる源融《みなもとのとおる》です。左大臣にまで上りつめましたが、権力争いに敗れ不遇のうちに生涯を終えました。そのような背景から、怨霊として語られるようになり、死後には融の旧宅、河原の院に融の亡霊が出たとも伝えられています。

私はこういった不遇の者、物に心引かれる傾向にあります。

例えば「衛生水栓」。トイレの手洗い場によくあった、小さな蛇口というかハンドルが下についていてひねって水を出すタイプのアレです。昔はよく見かけましたが、今ではしょっぺ（味のある）居酒屋とか、場末のスナックなどのトイレでしか見かけなくなりました。

でもあれって、実はすごく清潔ですよね。蛇口が上についているタイプのものは、汚れた手でひねって洗い、きれいになった手で、洗う前の手でひねった蛇口を触るわけじゃないですか。でも、下にハンドルがついている

「衛生水栓」は、手と共にハンドル自体をも洗っているわけだから一石二鳥なんです。衛生水栓、もっと評価されていいのに。

　そして作家の太宰治。今も読み継がれる名作を数多く残しましたが、本人は芥川賞が欲しくて欲しくてたまりませんでした。あんまり欲しくて、芥川賞選考委員で作家の佐藤春夫に宛てて、受賞を懇願する内容の手紙を何通も送りました。そのうちの1通は、なんと長さ約4メートルの巻物。「私を忘れないでください。見殺しにしないでください」とつづられています。しかしとうとう太宰が受賞することはありませんでした。賞が全てだとは思いませんが、本人は欲しかったのですから、不遇を感じずにはいられません。

　また、能といえば、かの世阿弥ですが、世阿弥にも不遇の時代があり、晩年は佐渡に配流されたことは皆さんもご存じの通りです。今回の能楽堂での演目「融」は、その世阿弥の作品です。

（2022年8月24日掲載）

一方、正当に評価されると、ボールが落ちた場所に銅像まで建てられます

83 恩売りたい小さな自分

―お裾分け

自分は小さい人間だと、自覚して生きています。

「2時間飲み放題！」と張り紙がしてある居酒屋で、30分前に飲み物のラストオーダーを取りに来たことに納得がいかず、「だったら『90分飲み放題』と表示すべきだ！」とラジオでぶちまけました。

レストランで注文したマカロニグラタンにマカロニが大量に入っていた時は「ホワイトソースをケチっているに違いない」と腹を立てる始末です。

こんな私ですので、似たような人がいると、とてもうれしくなります。

先日番組に、リスナーからお便りが届きました。

取り引き先のお客さまからその方宛てに、1箱9個入りの水ようかんが届いたそうです。部署の人数は11人ですが、休暇の職員が二人いたので、ちょうど人数分だと思って配っていたところ、休暇のはずの職員が一人出勤してきたので10人になりました。そこで仕方なく、自分の水ようかんをその職員に配ったそうです。

お便りには「自分が小さい人間なのは重々承知していますが、なぜ私宛てに届いたのに、私が食べられないのでしょうか。ずっと悶々としています」とありました。……わっっっかる。私もおそらく、同じ行動を取って、ずっと悶々としていると思います。そして、休暇なのに出勤してきた職員のことを理不尽に恨んだりしてしまうかもしれません。

ではこれはどうでしょう。

この夏、八色スイカをいくつか購入したのですが、とても大きくて、買ったはいいけど食べきれない恐れがあったため、育ち盛りの男の子が三人いる家族にお裾分けすることにしました。

ちょうど、その家族と仲のいい知人が、彼らに翌日会うというので「じゃあ、このスイカ渡しておいて！」と託しました。

　何かお裾分けすると、すぐに動画で「マリちゃん、ありがとう～！」とお礼を送ってきてくれるので、今回も楽しみにしていたのですが、待てど暮らせど送られてきません。

　おかしいなと思い知人に「渡してくれた？」と確認すると、「渡したよ」とのこと。「私からだって伝えてくれた？」と聞くと「伝えてない」と言うんですよ。「なんで！」と声を荒らげてしまいました。

　冷静に考えれば、誰からであろうとスイカはスイカ。子どもたちが喜んで美味しく食べてくれさえすればいいのです。でも、思わず「私からだって伝えてよ！」と言ってしまいました。

　恩を売りたいのです。「優しいマリおばちゃんが、今度はスイカをくれた！」と子どもたちの心に植えつけたいのです。

　ダッセ～し、ちっせ～…。分かっています。でもこの気持ちに共感してくださる方、どなたかいらっしゃいませんか？

（2022年9月14日掲載）

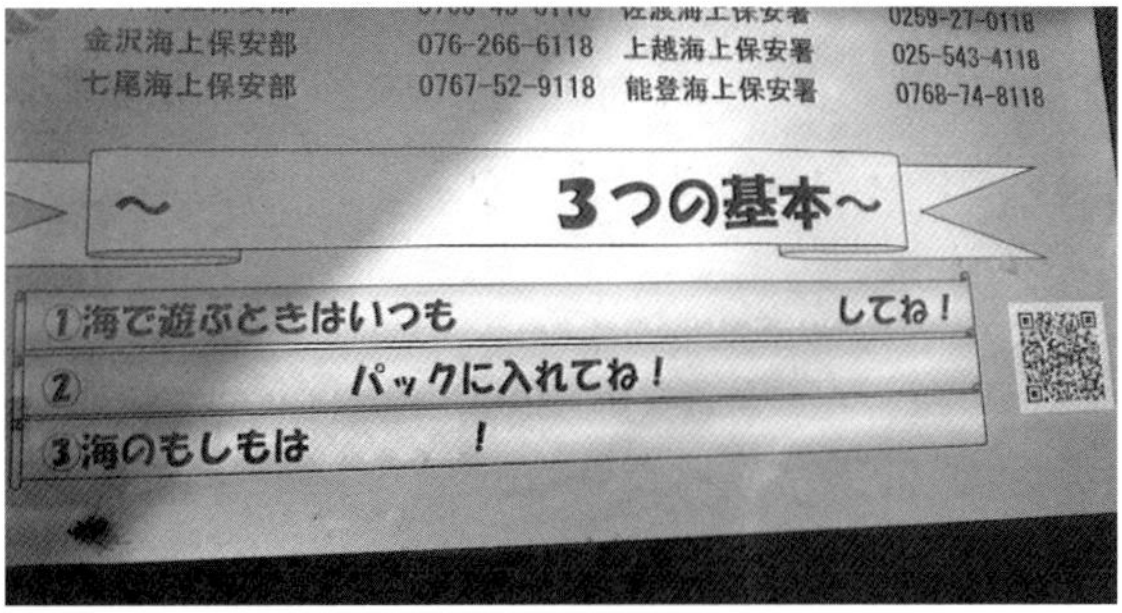

日光によって肝心なところが色あせて、もはやなぞなぞ化した注意喚起のポスターです。これは誰もが気になりますよね

84 歌いたい気持ちが再燃

——音楽療法

いつから人前で歌えなくなったのだろうと、ふと考えることがあります。

22、23歳くらいまでは友人たちとカラオケボックスに行って歌うどころか、激しいダンスまで繰り広げていました。おじさまたちと飲みに行っても、喜んで「居酒屋」や「男と女のはしご酒」をデュエットしました。ハモリ名人と呼ばれていた時代もあったのに…。

理由を分析してみると、自分は歌がそんなにうまくないということに気が付いてしまったからだと思われます。歌う自分と歌声を客観視するようになったのです。それからというもの音楽は、歌う、奏でるものではなく、聴く専門になりました。

ところが、この間、びっくりすることがありました。番組ゲストに音楽療法士の大竹孔三《よしみ》さんをお迎えして一緒に楽器を演奏した時、あの歌えていた頃の、身体全体で音楽を楽しんでいた頃の感覚が久しぶりによみがえったのです。

音楽療法士とは、音楽のメロディやリズム、曲や歌詞、楽器などの力で、人々がより元気に健康になる手伝いをする専門家です。音楽がうまくなることではなく、その人が生きやすくなることを目的とするそうです。

大竹さんに木琴のバチを渡されて「自由にたたいてください」と促され、その通りに適当にメロディーを作ると、大竹さんが合わせてオルガンを弾いてくれました。それが立派な「音楽」になったのです。

そこで大竹さんに歌えなくなった件を相談してみましたら、こんな答えが返ってきました。

「声というのは、自分にとって一番親密な楽器と言われています。麻理さんは『お話する声』は日常的に使っていて、さまざまな表現を巧みに操ることができます。

一方で『歌声』の場合、リズムやピッチを整えるといった、話すこととは別のスキルが求められます。もしかしたら、お話する声のプロクオリティーと歌声のギャップが許せない、認められないのかもしれません。話す時の完成度と歌う時の完成度がどんどんかけ離れていき、いつしか歌わなくなったのかも。時に、できない分野のかわいい自分も認めてあげてください！」

　このように真摯な答えをくれた大竹さんのワークショップにもぜひ行ってみたくなり、参加しました。

　そこでは子どもたちが自由に音楽と遊んでいました。寝転んでも声を出しても途中退席してもいいというプログラムで、皆、思い思いの楽器を手に取って、飛び跳ねたり歌ったりしながら、大竹さんたちとセッションしていました。

　その姿に私の心も踊り、「よし、もう一度マイクを握ってみるか！」という気になりました。一人カラオケから再デビューです。

（2022年9月28日掲載）

大竹さんのワークショップの様子です。赤青黄の衣装で視覚でも楽しませてくれました

85 夢中で楽しむ姿に刺激

――創作活動

先日、新潟市西蒲区旧巻町のまき鯛車商店街にある「にいだやギャラリー野衣《のい》」さんにお邪魔してきました。

不定期にさまざまな作品を展示しているギャラリーですが、現在開催されているのは「漂流・再生　ボロ、木片、流れてきたものから生まれるもの」という企画展です。

これは、日常生活には不要となったもの、壊れて使えなくなったもの、どこからか流れ着いたものなどを「作品」として再生させた19人の作家による展示会です。

作品は絵であったり、彫刻であったり、立体であったりするのですが、どの作品にも共通しているのが「作ってすごく楽しい！」という作家の思いがビシバシとこちらに伝わってくることです。誰からのどんな評価も期待せず、ただ夢中になって手を動かしたであろうワクワク感が会場に溢れています。

翻って今の私はというと、いつからか、何かをやろうとする時に、理由や目的、またそれをやる意味がないと、動けなくなってしまいました。

「それ儲かるの？」「ネタになる？」「得すること？」…そんなふうに問うことも多くなりました。

思い出したのは、小学生の頃のことです。友達のセーターの毛玉を集めるのが趣味で、箱の中には、むしらせてもらった色とりどりの毛玉がいっぱい詰まっていました。なぜそんなものをと思いますが、当時の私にとっては大切な宝物でした。一つ一つの作品を見ていくうちに、あの箱がパカっと開いて、中から赤や緑やオレンジの毛玉たちが飛び出して、ポワポワと宙に舞っているような感覚に陥りました。

「好きだから」「やってみたいから」「面白そうだから」…何か物事を始める時は、それだけで十分なのかもしれないと思いながら、しばらくの間、椅子に腰かけて作品たちを眺めていました。

　作品展には、私の知人も出品しています。現役時代は日々の出来事を独自の視点で切り取る名コラムニストとして活躍された方なのですが、退職後は自由気ままにやりたいことをして人生を謳歌しています。

　学生時代、美術部員だったことを思い出して作ったという作品を前に、青年時代の彼に出会えたような気持ちがしました。

（2022年10月12日掲載）

こちらが知人の作品です。捨てるつもりだったフライパンがこうなりました

86 人の優しさ 胸に染みる

――入院

ラジオ制作現場を去り、医療の道に進んだ元男性スタッフから、この秋に新潟市の病院で研修することになったと連絡がありました。その病院は、かつて私も受診したことがありますので、またお世話になるかもしれません。というわけで、これからしばらくは、絶対に病気になるわけにはいきません。

以前入院をした時のこと。先生と看護師が朝の回診にやってきました。先生が「お加減いかがですか～」と言いながら、私の病衣の前を開き、胸もあらわ、オムツパンツ一丁になったところで「ラ・ジ・オ！　聴いてますよ～」とおっしゃいました。「ありがとうございます」と頬笑みながら、「よりによってこのタイミングで!?せめて病衣の前を閉じてからにして～！」と打ちひしがれましたが、この中に元スタッフがいたらと想像するとさらに地獄です。どんなに具合が悪くてもナースコールを押すのを我慢して苦しんでいる自分の姿が浮かびます。

ラジオの番組宛てにも「入院します」「入院中です」と送ってくるリスナーさんがいらっしゃいます。

入院あるあるって、ありますよね。点滴のガラガラを引きずっている者同士は仲間意識が生まれて、廊下で会うと自然と挨拶するとか、退院する時、使いきれなかったテレビカードを同室の人にあげるとか。

私が入院した時は、二人のおばあちゃんと同部屋でした。ある時、一人のおばあちゃんのところに、東京の大学に通っている男の子の孫がお見舞いに来ました。

「あーら、りょうちゃん、来てくれたの。学校は大丈夫なの？」

「うん。ばあちゃんは具合どう？」

「りょうちゃんの顔見たら元気になったよ、ありがとね」

　カーテンを閉めた向かいのベッドで、この会話を聞きながら涙ぐみました。というのも、りょうちゃんの話は常々聞いていて、おばあちゃんはずっと会いたがっていたんです。

　その後しばらく会話もなく静かなので、そっとカーテンを開けてのぞいてみると、二人で鶴を折っていました。ここで完全に涙腺崩壊。きっとりょうちゃんも伝えたいことがいっぱいあるんだけど、どう切り出したらいいか分からないし、話したら泣いてしまいそうで、一緒に鶴を折ることしかできないんだろうな…と、かつて祖母を見舞った際の自分と重ねました。入院すると、人の優しさや温かさに敏感になって、ちょっとしたことで涙もろくなる。これも入院あるあるです。

　このご時世で、会いたい人に会えなくて寂しい思いをしている入院中のあなた、よろしければラジオ番組宛てに、メールを送ってください。

　どうか、ゆっくりじっくりのんびりと。

　もしも、元スタッフを名乗る者が看護に来たら、何でも言い付けてバンバン鍛えてやってください。

（２０２２年10月26日掲載）

これがその元スタッフです。元スタッフでなくても、お世話になりたくない雰囲気。でも、優しく真面目で、強靭なハートの持ち主です

87 楽しい思い出とともに

――カレー

カレーはみ〜んなが大好き。総務省の家計調査で、新潟市は2021年、二人以上で暮らす世帯が購入したカレールーの購入額で、とうとう全国1位となりました。

子どもの頃、ご飯は祖母が作っていて、わが家での呼び名は「ライスカレー」。肉は豚コマ、野菜はニンジン、タマネギ、ジャガイモとシンプルで、ドロドロとサラサラの中間をゆく、甘口よりのカレーでした。

学校を半ドンで帰ってきた土曜日の夕方、NHKでドラマ「大草原の小さな家」が始まる頃に、台所からカレーの香りが漂ってきます。まさにその時が、一週間で一番、心も体も落ち着ける時間でした。「まんが日本昔ばなし」の1話が終わったあたりで母が仕事から帰宅し、「クイズダービー」が始まる頃に家族三人で「いただきます」と手を合わせます。そして食べ終わる頃に「8時だヨ!全員集合」が始まるという…この一連のテレビ番組とカレーがセットで思い出です。

料理をしない人が得意料理を聞かれて無難に挙げるのも、またカレーです。当時の彼氏に「美味しく作るコツは何?」と聞かれ「ルーに秘密があるの! バーモントカレーとジャワカレーとディナーカレーをブレンドするんだよ!」なんて得意になって答えていたのが恥ずかしいです。

カレーといえば、新しい出合いがありました。

先日、新潟市江南区沢海にある光圓寺《こうえんじ》で「阿賀野川のカニと地元野菜を使ったミールス食べさせられ放題」というイベントがありました。

「ミールス」は、南インド料理で、豆や野菜を使った何種類ものカレーや副菜と一緒に、ひたすらインディカ米を食べまくる料理です。

振る舞ってくれたのは、画家の武田尋善《ひろよし》さんとミュージシャンの鹿島信治《かしましんじ》さんの二人組「マサラワーラー」です。

彼らは大好きなインド料理をみんなに食べてほしいという思いで、特定の店を持たず、全国各地に出張して、そこに集う皆さんに料理を振る舞っています。

バナナの葉っぱに見立てた紙の上に、まず米が山盛りに置かれ、そこに次々と、お玉1杯分の料理が追加され、それらを手で混ぜながらすくって食べます。

今回提供されたおかずは10種で、豆と野菜を煮込んだ「サンバル」、キャベツをスパイシーに炒めた「ポリヤル」、豆とココナツと白菜を煮込んだ「クートゥ」など初めて耳にするものばかり。しかもなくなると継ぎ足しに来るわんこそば方式です。おなかはパンパンですが、これがクセになる美味しさで、なかなかやめられませんでした。

お二人に「海外でもどこかで振る舞ったのですか?」と尋ねると「はい! 南インドで!」との回答。「本場かよ~」と思いましたが、そこでは「おっ! いつも食べてるやつ!」との言葉をいただいたのだそうです。名誉ですよね。

ミールスも食べたいけれど、自由で陽気な彼らにもまた会いたいな~。

(2022年11月9日掲載)

「マサラワーラー」の愉快なお2人と、ミールスです。ミールスの右上には、ゆでてタマネギとココナツで炒めた阿賀野川のモクズガニがいますよ

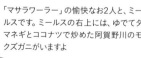

88 遭遇のたび人生豊かに

―未知

最近よく考えるのは、これから先、行ったことのないところに行くか、行って良かったところにもう一度行くか、ということです。

年齢も年齢ですし、その日暮らしのフリーランスの身ということもあり、年に何度もまとまった休みが取れるわけではありません。限られた時間とチャンスの中で、やりくりする他ないのです。

行ってみたいところはたくさんあります。国内で言えば、和歌山県の熊野古道がその一つです。

途中に「百間ぐら」という絶景ポイントがあるそうで、そこからは熊野三千六百峰が一望できると言われています。また「潮見峠」では、ススキの群生が見られるそうで、ススキ好きとしてはぜひ訪れたいスポットです。

旭山動物園だってまだ行ってないし、浜名湖のウナギも食べてないし、バンジージャンプもしてないし、考え出すと、あれもこれもと止まりません。

一方で、これまでに行って良かったところも数多くあります。青森県の恐山は、心が静かで平らになる気持ちのいい場所で、帰る頃にはつき物が取れたような心地がしました。愛知県の東山動植物園でイケメンゴリラの「シャバーニ」に出合えた時は天にも昇る気分でしたし、念願の鳥取砂丘に立った時には興奮して奇声を発しました。

こんなふうに考えていると、新しい場所になんか行かなくていい、もう一度恐山に癒やされたい、シャバーニと見つめ合いたいと思うのです。

また、映画もそうです。短くても90分、もしくは2時間程度というのは、けっこうな時間です。しかも当たり外れがあります。その点、例えばホラー映画であれば、スタンリー・キューブリック監督の「シャイニング」を繰り返し観ていれば間違いない、時間が無駄にならないわけです。他のジャンルでもそれぞれお気に入りの作品はあるので、こういうのが観たい時にはあの作品、こんな気分の時はあの映画を何度も繰り返し観ればいいかと考え始めていました。

とーこーろーがです。

先日、人生初めてのインド映画「RRR」を映画館で体験しました。前回ここに書いたインド大好き二人組ユニット「マサラワーラー」が絶賛していたこともあってのことでしたが、これが、とんでもなく面白かったんですよ。上映時間が3時間もあるにもかかわらず、全く飽きません。

あらすじとかどこがいいかとか説明している場合じゃなく、今すぐあなたの手を取って映画館へと走っていきたいです。

好きが多いほど人生は豊かです。まだまだこの世に無限に存在する、私の知らない傑作、心震える場所や素敵な人と、この先もたくさん巡り合いたいと感じさせてくれた映画でもありました。

（2022年11月23日掲載）

旅先で、このような謎のオブジェに出合うのも醍醐味の一つです。一体どうしたっていうのでしょう

89 タイミングはそれぞれ

――勉強

小中高校生の頃、とにかく勉強が苦手でした。「やろう」という気持ちはあるのです。しかし、いざ机に向かうと「面白くない…」「なんてつまらないのだろう」と感じて集中できないのです。

それよりも友達に手紙を書いたり、物語を創作したり、本を読んだりすることに夢中でした。やらなければならないことより、やりたいことを優先…いや、はっきり言って、やりたいことしかやれない子どもでした。

そのツケは大人になってから当然まわってきました。何か調べごとをする時、一からやらないといけないのです。

河井継之助の生涯をテーマにしたトークイベントの仕事を引き受けた際も、「大政奉還」から調べましたよ。語るのは、長岡市と福島県只見町にそれぞれある河井継之助記念館の館長さんたちで、私は聞き手ですが、それでも基礎知識は入れておかなければなりません。さまざまな資料や書籍に目を通して勉強しました。

でもそれが、今ならばちっとも苦にならないのです。むしろ楽しいのです。だから思うのは、みんながみんな、同じ時期に同じことができるとは限らないということです。人それぞれにタイミングがあって、私はきっと大人になって、この仕事をするようになった今なのでしょう。

落ちこぼれの学生時代を送った私ですが、たまに学校関連の講演会に、講師として呼んでいただくことがあります。

先日も、PTAの会で講演したのですが、終了後の質疑応答で、一人の小学生が挙手しました。「大人たちもいる中で、手を挙げるなんて勇気があるし頼もしい子だな。よし、精いっぱい真摯に答えよう」と彼の言葉に耳を傾けました。

すると彼は、まっすぐに私を見つめ、こう聞いてきました。

「歴史上の人物で好きな人は誰ですか？」…まずい…完全に想定外でした。

頭をフル回転させても浮かんでくるのは、徳川家康とか豊臣秀吉とか織田信長とか…。でもそれは単に「歴史上」というワードから導き出される名前であって、別に好きとかではありません。どうしよう。これじゃあ格好がつかないじゃないか。

散々悩んだ挙げ句、選んだ手段は、ご法度である質問返しです。「君は、誰が好きですか？」。すると彼は「野口英世です」と答えました。「へえ〜そうなんですか」と感心した後、私はこう言いました。「奇遇ですね、私もです」…場内失笑…。その時私は心の中で、バカバカバカバカバカ！　と自分の頭を両手で殴っていました。

あの時に質問してくれた君へ。「反面教師って言葉を知っているかい？　こんな大人にはならないでおくれ」

あの日から、次に尋ねられた時に備えて、誰にしようか考えあぐねています。


（2022年12月14日掲載）

土佐清水が誇るジョン万次郎は、すごい人物だと思います。高知県で見かけた肖像画です

90 頑張った自分を褒めて

――総括

ほとんどのことは、なんとかなる、なるようになる、なんとでもなると唱えてやり過ごす私ですが、先週金曜ばっかしゃどうにもなりませんでしたて。

その日、新潟市中央区は、午後から次第に風雪が強くなり、しまいには「分かる？　これ積もるやつ。本気出すやつ」とでも言いたげに、挑発的に吹き荒れました。こんな日に、最悪の惨事に見舞われたのです。

横殴りの猛吹雪の中、歩いて用事を足し、命からがら自宅アパートまでたどり着きました。そして鍵を取り出そうと、凍える手でダウンコートの左のポケットをまさぐると、そこにあるはずの鍵が、ないのです。ガビーン。

しばしぼうぜんと立ち尽くしましたが、今歩いた道のどこかに落としたのだと思い、慌てて引き返しました。しかし、雪は次から次へと降り積もり、地面を覆っていきます。それでも注意深く足でかき分けながら死に物狂いで探したのですが、案の定、ドクロのキーホルダーのついた私の鍵は見つかりませんでした。

結局、車を運転して、合鍵のある実家に行くことにしました。その道中は意気消沈です。こんなに一年頑張ってきて、最後の最後にこれか。いや、落ち込むな。お前はよくやった。今回は、たまたまついてないだけだ。と、自分を慰め励ましながら、雪道を走りました。

あなたにもこの一年いろいろなことがあったと思います。しかし、みんなに言えるのは、それぞれがそれなりに頑張ったということです。

告白して付き合うことができたのに、クリスマス前に「友達に戻りたい」と告げられた女子中学生のリスナー。大けがで入院してリハビリに励み、「障害者手帳」を複雑な気持ちで受け取ったというリスナー。みーんな、よく頑張った。

　そういえば何年か前に入院した時、思わぬものに褒められました。それは、自動リクライニングベッドの音声です。ボタンを押して背もたれを調節する際の音声アナウンスが「頭が下がります」で、それを勝手に「よく頑張ってるね、君には頭が下がるよ」という意味で受け取ることにして、何度もボタンを押しました。「ありがとうございます」とか「いや、それほどでも」と返事をしながら。

　さて、吹雪の中、ようやく実家に着いた私が玄関を上がろうとしたその時、ふくらはぎの辺りに、何か硬いものが当たるのを感じました。何かな？　と触ってみると、なんとそれは紛れもなく、なくしたと思っていた鍵でした。ポケットに穴が開いていて、そこから鍵がダウンコートの底にこぼれ落ちていたのです。この時ばかりは、鍵だけに「キー!!」となりました。と、くだらないダジャレで今年最後の連載も終わります。


（2022年12月28日掲載）

芸術的な除雪。除雪者の性格が表れています。
除雪作業に従事する皆さん、連日、本当にお疲れさまです

イメージ払拭

どうやら私は「ケチ」というイメージを持たれているらしい。

あるリスナーからは、「麻理さんはケチですけど」とケチ前提で始まるメールが届いた。スタッフからもよく「ほらまたケチ」などと言われる。解せない。

私は断じてケチではない。

それを証明するために、「四畳半スタジオ」のディレクター陣に奢ってやることにした。

店は、新潟市中央区沼垂にある「大佐渡たむら」。大好きな店なので、ここでならいくら払っても惜しくはない。

参加したのは畠澤Ｄ、吉田ＨＤ（Ｈは変態）、水曜おっちょこＤ、ＦｒｉＤ、そして呼んでないのに付いて来たスタッフ偽割Ｃである。

席に着いたところで、まずは尋ねた。私のどこがケチなのかと。

すると出るわ出るわ。

「飲み会の会計時は気前のいい振りをして多く出すが、翌日余計に出した分を返せと請求してくる」「バレンタインデーにくれるチョコレートは、リスナーからもらったもののお裾分けで、自分は一円も身銭を切ってないのに、ホワイトデーはしっかりお返しを要求してくる」「ボーナス受給者への妬みがすごい」「ボーナスの時期に荒れる」「ボーナスをもらった社員に奢れと騒ぐ」「スタッフの有給休暇が許せない」「領収書への執着」「今日だって、昼ご飯を多めに食べてから飲み会に来るように、みんなに指示したじゃないですか」など。全部本当のことである。

大佐渡たむらには「晩酌セット１２００円」と「刺盛セット１５９０円」というお得なセットがある。
奢るのは、選択の余地を与えず全員に晩酌セットのほうであ

る。安いからではない。わざわざ刺盛セットにしなくても、晩酌セットにもちゃんと刺身が付いてくるからだ。お通しと、揚げ物と刺身、そして生ビールが一杯。これを5人に奢り、私の分も入れて7200円。ここで領収書を切ってもらった。

するとたちまちブーイングの嵐。「飲み会、まだ終わってませんよ！」「ここから先はまさか割り勘ですか？」「だからケチって言われるんですよ」など。

どっちがケチなのかと問いたい。私は断じてケチではない。

では明かそう。今回のこの企画「なんとかしたいこと」シリーズでかかった代金は全て私の自腹なのだ。新潟日報社は一銭も出していない。宣材写真代も飲み代も私が出したのだ。どうだ、それでもケチと言えるだろうか。もはや言えまい。ワッハッハッハ。

〈第5部〉

なるなるの法則 ‐2023‐

91 生放送でつながる喜び
――正月

「テレビやラジオの仕事っていいな」と思ったのは、小学生の頃のお正月でした。

とにかく暇で、友達から届く年賀状を読んだら、あとは何もすることがありません。一人っ子なので他に遊ぶ子もおらず、こたつに入ってぼんやりしていました。

そんな中、唯一楽しそうに見えたのが、テレビの中にいる人たちです。きらびやかな衣装を身にまとい、芸をしたり笑ったり、全国各地からはつらつと新春リポートをする姿がまぶしくて、「将来はあちら側の人でありたい」と思ったものです。時を経て、FM PORTでその夢は叶ったわけですが、3年前にラジオ局を引っ越してからは、年末年始をしっかり休めるようになりました。こうなると、それはそれでまた、いいものですね〜。

さて、のんびり過ごした正月休みを終え、仕事始めの日、定期的に通っている病院に行きました。

診察が終わって会計を待っていると、一人の年配の女性が、通りがかった女性の看護師さんを呼び止めて、私の前で立ち話を始めました。

詳細は聞き取れませんが、女性がしきりに頭を下げてお礼を述べておられたこと、また看護師さんが「頑張りましたね、立派でしたよ」と声をかけていたことなどから、女性は去年の暮れに夫に先立たれ、看護師さんは、その夫のお世話をされていたのではないかと想像しました。

その会話の中で、女性が「ひとりぼっちのお正月でした。だあれもこないお正月」と呟きました。それを受けて看護師さんが、「これもご縁だし、いつでもまた来て。私、この辺うろちょろしてますから」と笑います。女性も「ありがとう」と顔をほころばせ、何度もお辞儀をして帰っていかれました。

入れ替わりで70代くらいのおじいさんが受付にやって来ました。どうやら妻が、今年この病院に転院するようでした。

ずっと他の病院に入院していたのでしょうから、もしかしたらこの男性も、お正月は家で一人で過ごしたのかもしれません。

FM PORTの時代に担当していた正月番組は、小さい頃の私や、この女性やおじいさんのような方に届けたくて放送していたのかもしれないなと、その時思いました。

「朝から飲んでまーす」だの「彼氏と年越しです」といったメールに「この浮かれポンツクどもが!」と悪態をつき、「元日の朝からやってられませーん!」と愚痴り、「エライ人も聴いてないから好き放題やりましょーう!」と暴れまくった正月番組…、誰より私が一番楽しんでいましたけれど。


（2023年1月11日掲載）

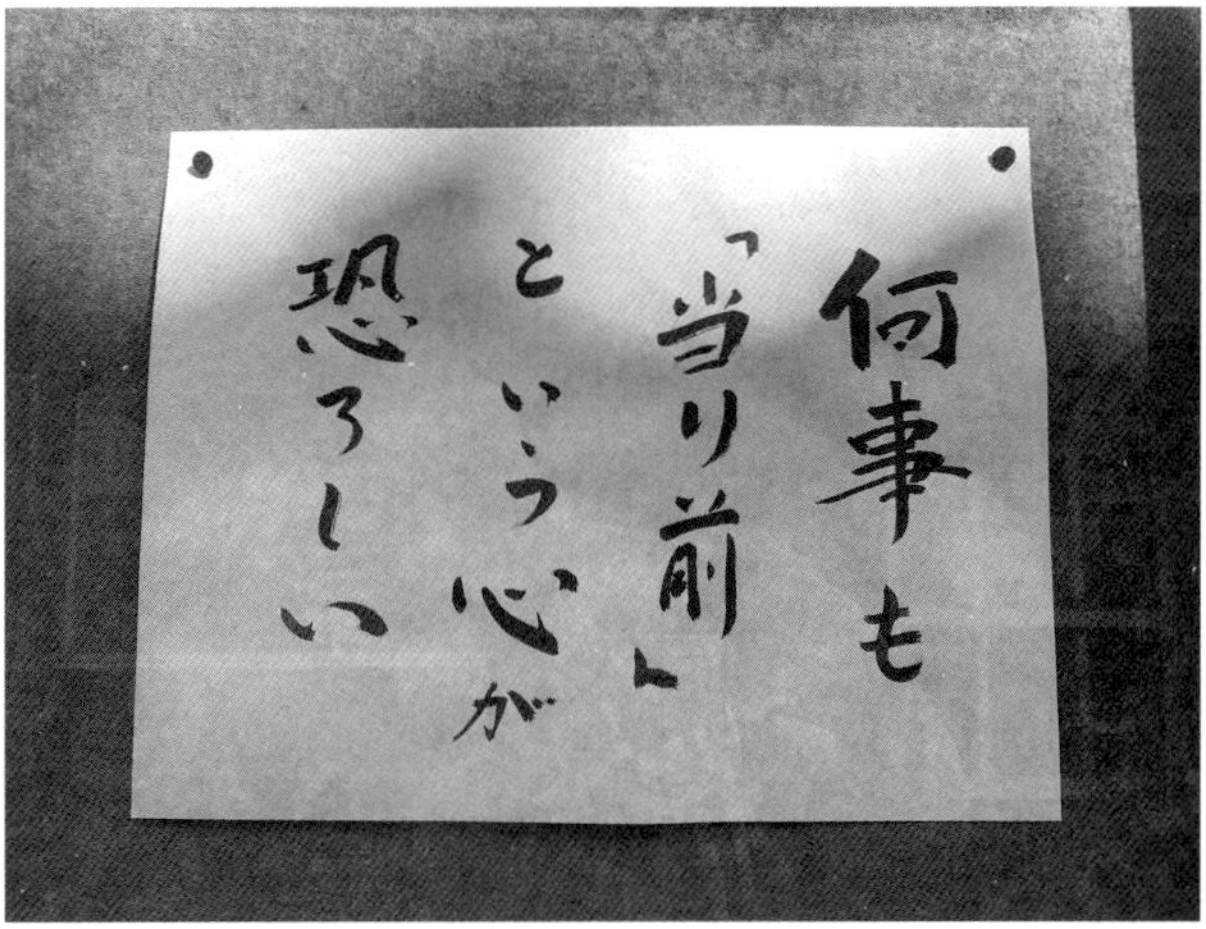

お寺の掲示板。確かに恐ろしい。胸に刻みます

92 これが本物の愛なのか
――宮柊二

去年の暮れ、魚沼市堀之内にある「宮柊二記念館」を初めて訪れました。

新潟出身の歌人であるという知識しかなかったのですが、担当しているラジオ番組で、新潟日報の石塚恵子さんが、生誕110年（1912年生まれ）であることに触れ、エピソードを紹介してくださったことがきっかけで興味を抱きました。

宮柊二は、堀之内の書店の長男として生まれますが、家運が傾いたため20歳で上京、新聞配達などをしながら生活費を稼ぎ、北原白秋に師事します。その後、戦争に召集され、中国の山西省で激しい戦争体験をするのですが、それをまとめたのが名歌集と呼ばれる『山西省』です。他の作品も、寂しさや孤独感が漂う歌が多いように感じられ惹かれました。

石塚さんがお話ししてくださったのは、宮柊二が若い頃、5歳年上の女性と恋に落ちたものの、両親に反対されて駆け落ちしたというエピソードです。その後二人は別れてしまうのですが、宮柊二はずっと彼女のことが胸にあったのか、その後、自身が結婚した後も、未練を歌ったような作品がしばしば見られました。妻の英子さんは、そんな彼をとがめるでなく、晩年入退院を繰り返す夫を、何とかして彼女に会わせてあげたいと尽力したといいます。これが本物の愛というものなのでしょうか、諸先輩方…。

私はもともと短歌が好きで、初めて読んだのは俵万智さんの『サラダ記念日』でした。

当時中学生で、身近な記念日といえば、自分の誕生日くらいでしたが「サラダ記念日だって！　おしゃれ！　これが大人の恋なのね…」と憧れました。大人になったら「結婚記念日」くらいは持てるだろうと思っていましたけど、まだないですね。

　百人一首は小学生の時に百首覚えました。好きな人に「好きな歌、何？」と聞かれ、ありきたりなJ-POPを挙げると思わせておいてからの「君がため惜しからざりし命さえ長くもがなと思いけるかな」（藤原義孝）と答えたら、「いや、ちょっとよく分からないんだけど」とスルーされた恥ずかしい思い出もあります。

　さて、宮柊二記念館に一緒に行った友人が、刺激を受けたのか、記念館を出た後すぐに一首詠みました。それがこちらです。

「雁木より落ちる雫の冷たさに我が頭髪の寂しきを知る」

　彼はこれを「宮柊二記念館全国短歌大会」に出すのだと張り切っています。


（2023年1月25日掲載）

魚沼地方の商店街で見かけました。おっしゃれ〜。何のお店かな？

93 穴にハマったら終わり

――ちくわ

普段は朝食は食べないのですが、民宿や旅館に泊まった時は別です。朝ご飯が楽しみで、夜、布団に入って「何が出るか当てっこ」をします。

「魚は何だと思う？」「焼き鮭でしょ」「いや、鯖だと思う」「じゃあ卵の出し方は？」「だし巻き一択」「温泉卵」…なんて話をしているうちに、いつの間にか眠りにつくのが好きです。

先日泊まった温泉宿では、魚を「鯵の開き」と予想しました。ところが、出てきたお膳には、鯵も鮭も鯖も見当たりません。「え？　魚がない旅館の朝ご飯なんて…」とよーく見渡してみると、ありました。それは、ちくわです。

確かにちくわは、魚のすり身を焼いたものですから、魚は魚で間違いありません。しかし、それを認めた時、心がざわつきました。この胸騒ぎはなんだろう、このうら寂しい気持ちは、どこからやってくるのだろうと自分の心に問いかけて、やがて思い出しました。

子どもの頃、家では、ちくわは何かの代用か、かさ増しの食材として使われていたのです。

例えば炒め物の八宝菜。白菜、タマネギ、ニンジン、キクラゲ、とくれば、豚コマじゃないですか。しかし豚コマは、どこにも見当たりません。代わりに何が入っているかというと、輪切りにしたちくわです。

煮物でも同じことで、例えば筑前煮。ニンジン、里芋、ゴボウ、コンニャク、シイタケとくれば、鶏肉じゃないですか。しかしどこにも見当たらず、鶏肉の代わりに、ぶつ切りのちくわが入っているのです。

ちくわ、またお前か…。それから、ちくわ自体に罪はないのに、次第に苦手意識を持つようになりました。

また、そんなちくわをじっくりと観察するようにもなり、その結果、ある脅威を抱いたのです。

ちくわという、あの穴のあいた棒状のもの…。一本物を目の前にして、そこにひと工夫と考えた時、おそらくほとんどの人が、穴に何か入れてみようと思うのではないでしょうか。人間は、穴があったら何かを入れてみたい生き物です。そこにちくわはつけ込んでくるのです。刺激的な創造力は一切奪われ、その穴に何かを入れることしか考えられなくなります。

そう、私たちは、ちくわの前では、無力なのです。キュウリとか、チーズとか、他の変わり種など、何を入れたってもう無駄です。入れてしまった時点であなたの負けなのです。

というか、こんなどうでもいいことをつらつらと…。穴があったら入りたいです。


（2023年2月8日掲載）

みなさん、節分豆まきしましたか？　これは私が子どもの頃の豆まきの様子です。一緒に写っているのが、肉の代わりにちくわを使った祖母です。ちなみに、今はちくわは大好物です！

94　良いご縁感じたものの

――部屋探し

借りている部屋の荷物が増えすぎて、もう身動きが取れません。片付けようにも、溢れすぎていて、手をつける気にすらなれないのです。帰ってきてうんざりする家…もう耐えられません。

そこで思いついたのが引っ越しです。きっと容易に見つかるだろうと物件を探し始めたのですが、これが意外と難航しています。立地はいいけど間取りがイマイチとか、間取りはいいけど家賃が予算オーバーとか、どれもこれもいまひとつです。

10年程前、飲み会で、とある小さなビルを所有している方と出会いました。東京で暮らしているため、普段は空き家になっているというそのビルに、2次会も兼ねてお邪魔させていただきました。

3階建てで、それぞれの階を、物置、寝室、居間、と使っていたそうです。「素敵ですね～」と素直に感想を述べると、「使わないと傷むから、もし良かったら住んでくれないかしら」とおっしゃるではないですか。運命を感じました。

結局住むことは叶いませんでしたが、部屋とはこんなふうに出合うものなのかもしれないと思ったものです。

また、こんなこともありました。

ある日散歩をしていると「賃貸物件有り」と、手書きの文字の張り紙を見つけました。

インターネットには載っていない、通りすがりにたまたま見付けた物件…これは…と思い切って訪ねると、80代くらいのおじいさんが出てきて、「じゃ、これから見にいくかね。乗んなせ！」と車を出してくれました。

案内されて着いた先は一軒家だったのですが、それがなんというか…とても昔すぎる家なのです。

ギギ…ギギギギ…と引き戸を開けるおじいさん。「鍵は?」と聞くと「かけね! こんが家、泥棒も入らんて!」とおっしゃいます。失礼ながら心の中で「ですよね~」と同意せずにはいられないほど、それはそれは昔すぎる家でした。いや待てよ、中はきれいにリフォームされているのでは…という期待も、一歩踏み入れた瞬間に砕かれました。

天井は低く、電気の傘が私の目線、歩くと畳が軋み、昼間にもかかわらず、奥の風呂と台所は真っ暗です。2階に上がる階段は急すぎて、落ちたら確実に重傷を追うレベルでした。

一通り見せてもらってお礼を言うと、おじいさんが「そうらなー、ほんとは月5万らけど3カ月以内の契約らったら4万円でいいわ!」と言いました。「あ、あとね、駐車場代は別ね! 1万6千円!」。無理~。その場でやんわりとお断りしました。

今も物件を探しています。良いご縁がありますように…。その前に部屋片付けろ! って話ですよね。

(2023年2月22日掲載)

以前泊まった歴史あるお宿、松之山温泉凌雲閣のお部屋です。宮大工の遊び心がふんだんに取り入れられていて、天井に将棋盤や碁盤がありました。局面が気になります。

95 「主」降臨、秩序が保たれ

―――銭湯

銭湯が好きです。

銭湯に溢れる優しさ。それは体を流しっこするおばあちゃんたちを見ていれば分かります。「背中流すよ」「ありーがとね。気持ちよかった。ほれ、今度は私が流してやる」と、お互いさまの精神が息づいています。

ある時、仕事の帰りにどうしても銭湯に寄りたくなったのですが、タオルも石鹸も持ち合わせていませんでした。ただ、カバンの中にタオルハンカチがあったので、それで何とかすることにしました。

その日はすいていて、洗い場にはおばあちゃんが二人、仲良く話をしていました。私も並んで座って、お湯で髪をゆすぎ手で体を洗っていると「あんた、なんで何も持ってねんだね」と話しかけられました。「全部忘れてしまって」と言うと、「そうせばこれ使いなっせ」と石鹸を渡してくれました。するともう一人のおばあちゃんが「頭洗うの、おらのでよければ使いなっせ」とシャンプーとリンスを差し出してくれたのです。

それればかりか、「タオルもねんけ？　番台で貸してくれんだよ」というや否や、裸んぼのままスタスタと番台まで行って、借りて来てくれました。

さて、銭湯が、よくある日帰り温泉施設と違うのは、そこに必ず「主」がいることです。主は大抵所定の位置に鎮座しており、いつも厳しく目を光らせています。「体を洗わずに湯船につかるやつはいね～が～」「水を出しっ放しにしてるやつはいね～が～」と。大事なことです。主のおかげで浴場の秩序が保たれ、結果的に、皆が快適に利用することができるのです。

つい先日、あまり行ったことのない時間に、あまり行ったことのない銭湯に行きました。お隣のおばあちゃんたちは仲良く話していて、「あの日のお二人は元気かな〜。やっぱり銭湯っていいな〜」と思いながらシャワーを浴びていました。

すると背後から「あんた！　シャワーが飛び散ってるよ！」と声をかけられ、振り向くとそこには、どこも隠さず、堂々と仁王立ちの主（おそらく）の降臨です。隣のおばあちゃんたちも背筋を伸ばして「おっす！お疲れさんです！」といった様子でした（ように見えました）。私は「すみません」と頭を下げ、慌ててシャワーヘッドの角度を下げました。

その後、湯船につかって様子を見ていると、私以上に飛び散っている人もいるのにと、納得いかない気持ちでした。

しかし主は、そんな私などお構いなしに、他のおばあちゃんたちと楽しげに話をしています。その会話の中で聞こえてきた主おすすめのパン屋さんに帰りに寄ってみました。主のお気に入りだというジャムマーガリンのコッペパン、めちゃくちゃ美味しかったです。

（2023年3月8日掲載）

こちらは新潟市江南区沢海にある大栄寺のだるまさんですが、どことなく主に似ているようないないような…厳しさの中におちゃめな一面も垣間見られます

96 心次第で成長の契機に

―― 挫折

ＷＢＣ（ワールド・ベースボール・クラシック）が盛り上がっていますね。

今大会ではさまざまなヒーローが誕生していますが、大谷翔平選手はやはり大人気です。

以前、担当するラジオ番組で、「もしも大谷選手からプロポーズされたら、あなたはどうしますか？」というテーマで意見を募りました。私は、「あえてプロポーズを断ることで、彼の心に一生生き続けたい」と言って、リスナーに引かれました。

何もかも持っているように見える大谷選手ですが、そんな彼が手にしたものよりも、どうしても手に入らなかったものを知りたくなります。もしかしたらそれが、今の彼の一部分を作ったのではないかと考えると、非常に興味をそそられるのです。

私自身の七不思議の一つに、「恋人は百発百中、向こうから別れを告げる」というのがあります。

これまでお付き合いした男性は、皆向こうから交際を申し込んでくれたのですが、その全員が私を振って去っていきました。その直後は、もう一生這い上がれないほどの深くて暗い穴に落ちたような気持ちになり、暴飲暴食、自暴自棄な日々を過ごし、どうしても諦めきれずしつこく電話をかけたりもしました。しかしそのうちふつふつと、「おんどれ、このやろう。覚えとけよ」という思いが湧き上がり、それがいつしか生きる活力へと変わっていきました。

ある彼氏は「お前より好きな人ができた」と私を振ったのですが、その彼女というのが無類の本好きで博学だったため、負けてたまるかと、それまで離れていた読書を再び始めました。もともと本が好きだったこともあり、読むだけでなく自分で本を出したいという小さな夢が芽生えたのも、この時だったかもしれません。そしてその夢は叶いました。

またアナウンサーやリポーターのオーディションに落ちたことも何度もあります。その時は、もうお先真っ暗と落ち込むのですが、そのうちに「私の良さを分からないなんて、なんてかわいそうな放送局なんだろう。今に見てろよ」という気持ちになりました。

つまり私の場合は、思い通りにいかなかったことに育てられて今があるのです。人生最初の経験は、高校受験失敗でした。15歳にして、人生が終わったと、当時は絶望したものです。

毎年この時期に書いていますが、もしもあの頃の私と同じような気持ちの誰かがこれを読んでいるなら伝えたいです。「大丈夫、大事なことは思うようにならなかった結果じゃない。今ここから、自分の心次第で、未来はどんなふうにも作っていけるよ」と。

（2023年3月22日掲載）

自分の思い通りにならず、いじけている親戚の女の子。「置いていくよ!」と親に呼びかけられた後ろ姿です

97 春の夜 不思議な出会い

――桜

芭蕉の句に「さまざまなこと思い出す桜かな」とあるように、桜には人それぞれに思い出があるものです。

それは東京にいた頃のこと。アルバイトを終えた夜遅く、神田川沿いの遊歩道を一人で歩いていると、後ろから声をかけられました。同じ年ほどの、自転車を引いた学生風の男性でした。

これから飲みに行きませんか？　と誘われましたが、疲れていたので断って…とそこまではしっかりと覚えているのですが、その次の記憶が、彼の自転車の後ろに横向きで座っている光景なのです。

その時ようやく満開の桜に気が付いて、自転車はとても心地よいペースで、私のスカートは甘く温かな風にひらひらとはためいて…。

そのあと、どこまで一緒に走ったのか、どう別れたのか、もちろん名前も知らないし、顔も覚えていません。でも確かに、ある年の春の夜、一緒に見た彼がいて、一緒に見た桜がありました。

今週、そんなことをふと思い出して、夜桜を見に、缶ビール片手にふらりと出掛けました。

小さな川を挟んだ並木道に咲くのは、特別にライトアップされているわけではなく、街灯の明かりにほんのりと照らされた桜たちです。

しばらく歩くと、木製のベンチに腰かける、一人の男性を見つけました。彼はコンビニかスーパーで買ってきたと思われるお総菜と缶ビールを袋から取り出して、これから花見を楽しもうといった風情でした。

私はふと声をかけてみたい衝動に駆られました。昔、東京で一緒に桜を見た彼は、もしかしたらこんなふうだったかもしれないと思わせるような20代くらいの男性です。「桜、きれいですね」。そう話しかけると、振り向いた彼はびっくりした様子でしたが、すぐに頬笑んで「そうですね」と答えました。そして私の手元の缶ビールを見て、「良かったら」と、席を空けてくれました。それから私たちはしばらく、たわいもない話をしました。…なんてことを想像しながら、実際は彼の脇を通り過ぎたわけなのですが…。もう30歳若かったらな〜。

今年一番印象に残っている桜は、4月2日、新潟を拠点に活動するアイドルユニット「RYUTist《リューティスト》」のライブの後に見た、新潟テルサに咲いていた桜です。

この日は、リーダーを務めてきた佐藤乃々子さんのラストライブでした。会場を出て見た満開の桜が乃々子さんと重なって、すがすがしく映りました。12年もの間、大勢の人の心に花を咲かせてきた彼女の集大成を祝福しているようにも見えました。

（2023年4月12日掲載）

満開の桜とRYUTist。左から2人目が乃々子さんです。12年間、ありがとう。お疲れさまでした（写真は柳都アーティストファーム提供）

98 気持ちつづりスッキリ

――モヤモヤ

日々生活していると、あんなことやこんなことが気になりますよね。

最近、毎日欠かさなかった晩酌を控えています。健康診断の数値が思わしくなかったからです。

その際医師が、「遠藤さん、これはいけませんな。こんな生活をしていては絶対にいけません。今すぐに断酒すべきです」と言ってくれれば、構わず飲み続けたかもしれないのですが、今って違うんですね。「しばらくいつもより少なくしてみて、数値がどうなるか見てみましょう。下がればそのペースで飲み続ければいいし。適量を探ればいいのです」などと言うので拍子抜けしてしまいました。

一般的にそういう指導方法になったのか、先生個人の方針なのか、はたまた私の性格を知っての物言いなのか分かりませんが、あまのじゃくな性格には効くようです。

他人に言われた言葉といえば、こうしてしばらく酒を控えたことで、少し体重が落ちたのですが、一緒に働いている男性スタッフが「顔が小さくなりましたよね」と言うのです。うれしい言葉ではあるのですが、「前はやっぱり大きかった?」と思ってしまいました。

また、同世代の女友達と飲みに行った時に、モテるモテないの話になって、彼女が「結婚してからの方がモテるんだよね」と言いました。あの口調や前後の話の流れから、おそらく独身の年下BOYからモテていると察しました。これには居酒屋のテーブルをひっくり返すところでした。

確かに彼女は美容にも服装にも気を使っていて、年齢よりも、はるかに若く見えます。しかし、なぜ結婚して子どももいる彼女が、独身で子どもがいない私よりモテるのだと。私ならなんの障害もなく恋愛に発展できるのに誰も近寄ってきません。

人は障害のある恋愛に燃えるのか、それとも人を好きになる時に条件などは関係ないのか。そもそも私自身に問題があるのか。

どうでもいいところでは、テレビの夕方のニュース番組で気になることがあります。

縦に並べたフリップ3コマでニュースを解説するというコーナーなのですが、多少無理が感じられるものの、これまで何とか3コマで処理してきました。

しかしこの間、1コマ目の脇からもう1コマがするっと出てきたのです。縦に増やすのはダメだけど横に出すならいいのか？　思わずテレビに向かって「それは反則」と声に出していました。

誰かに話すまでもない心のモヤモヤを、ここでお焚き上げできて、あ〜、スッキリした。


（2023年4月26日掲載）

仙台駅にて。2度目だったら初ではないのでは…？　と突っ込みましたが、夏に初優勝、次は春のセンバツだ！　という意味なんですね

99 〟恵みの雨〟 家事で充実
――私のゴールデンウイーク

ゴールデンウイーク期間中、いつも通りラジオの仕事をしている私の元へ、絶賛浮かれポンツク中のリスナーたちから、数々の写真が届きました。

多かったのは「昼から飲んでまーす！」「親戚一同集まってまーす！」「スーパーへ行ったらお肉が売り切れてまーす！」だのと一緒に送られてきた、バーベキューの写真です。

ある者は分厚い肉を、ある者は串に刺されたぶっといウインナーを、またある者はでっかいホタテを焼いていました。「マリさんも番組が終わったら来てくださいよ～」なんて書いてあるものもあって、本気で行ったろかと思いました。

そうしてようやく週末が来て、私だってほんのひと時でもゴールデンウイークを楽しんでやると迎えた5月6日の土曜日、朝から雨でした。

チッキショー！　昨日までバリバリ晴れてたじゃないかよー！　これじゃあバーベキューもハイキングも海辺でパチャパチャも何にもできない…呪いました。

しかし一方で、休みの日に雨というのも実は好きなのです。晴天だと、どこかに出掛けないと損をしたような、急かされているような気持ちになって落ち着かないのですが、雨だと、家にいることを許されたような気になります。

さーて、今日は雨で仕方ないのだから、家で堂々としていよう、何をしようかと考えてまず四股を踏みました。最近、知り合いのおじさまに教えてもらったのですが、筋力トレーニングにはスクワットより四股がいいのだそうです。大相撲ファンなので横綱になったつもりで楽しく続けています。

その後、お茶を淹れて、物で溢れた片付かない部屋の片隅で「収納・修繕・模様替え　住まいの見直し術」と見出しのついた雑誌をパラパラとめくって閉じました。実践までにはまだまだ時間がかかりそうです。

他にすることもなくなって、しばらく手持ち無沙汰でベランダからカラスなど愛でていましたが、そういえばと思いついたのが、先日知り合いにいただいた、今が旬のタケノコです。しっかりアク抜きされてうちに来て、冷蔵庫の中で出番を待っていました。

早速取り出して作ったのは、みなさんにもおすすめしたい「のりしおたけのこ」です。

作り方はとても簡単で、スライスしたタケノコを、多めの油で若干焦げ目が付くくらいしっかり焼いたら、よく油を切ります。そこに、お好みで塩と青のり（あおさで十分）を振りかけて混ぜたら、最高の酒のつまみの出来上がり。

よし、飲むぞ。

（２０２３年５月10日掲載）

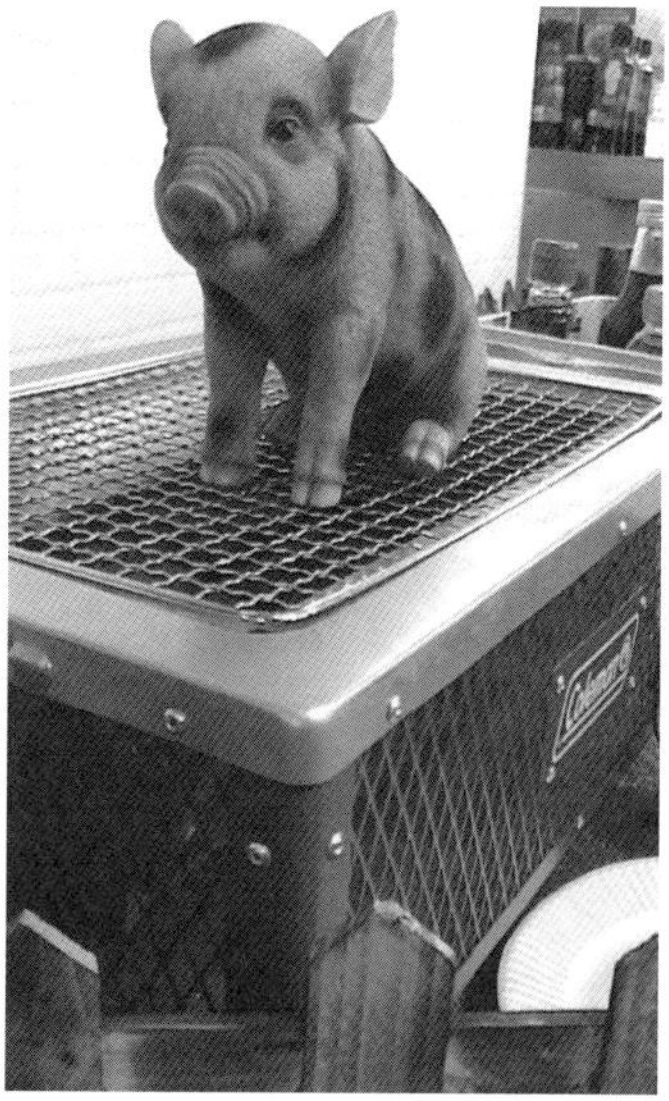

とあるお店で、「BBQできます!」の一言と共にこのディスプレー。ブタのつぶらな瞳に見つめられ、とても焼く気になれませんでした

100 走、点、鬼、年、書籍化？

――百の話

今回が連載100回目ということで、「百」について書くようにと担当デスクに言われましたので、脈絡もなくつらつらとつづります。

小学生の頃、陸上の100メートル走が大嫌いでした。足が遅い上に、走る姿が無様なことに、ある時気付いてしまったからです。ちなみに、パン食い競争や、小麦粉の中に隠された飴玉を、手を使わずに見つけ出したりする競技など、食べ物が絡む種目はもっぱら強かったです。テストで100点を取った記憶もなく、勉強も運動も苦手でした。

そんな子ども時代に夢中になっていたのが、幽霊や妖怪、鬼や天狗といった摩訶不思議な世界です。本で見た河鍋暁斎《かわなべきょうさい》のユーモラスな「百鬼夜行」の世界に感動し、怖いって楽しい、恐怖と笑いって似ているのかもと悟ったのもその頃でした。

100メートル走やテストは、誰の目にも分かる数字で優劣が決まりますが、そうではなく、見る人、読む人によっては100点にも0点にもなる、もはや点数などつけられない絵や作文、音楽といった創作の世界に惹かれていきました。

そうして自分がやりたいと思ったことはやり、作りたいものは作り、言いたいことも言って生きてきましたが、失敗することも多くあります。あーなんであんなことをしてしまったのだろう、なぜあんな話をしてしまったのだろう、もうちょっと考えれば良かった、本当にアホだな〜と、自分に嫌気が差します。

そんな時に唱える言葉があります。それは「大丈夫、100年後にはだ〜れもいない」です。

こんな私ごときの失敗が100年も語り継がれるわけがないし、万が一語り継がれたとしても、その私自身が１００年後には確実にこの世にいないのだから、痛みも恥ずかしさも感じようがないと、自分を慰めるのです。

　これまでこの駄文を掲載してきた新聞紙にしたって、すでに窓の掃除や天ぷらの油切りに使われたかもしれないし、わざわざ保管しなければ１００年は残りません。

　しかし、残るかもしれない可能性が一つあります。それは、まとめられて本になることです。１００回を記念して書けというくらいですから、担当デスクもそれなりに考えているのではないでしょうか。

　そういえば昔、好きなテレビ番組で「クイズ１００人に聞きました」というのがありました。１００人にアンケートを行って、その結果を当てるというもので、解答者が答えてパネルが開くまでの間に応援団が「あるあるあるある～！」と声援を送るのが名物でした。

　「書籍化はありますか？」と聞いてみますので、「あるあるある～！」と叫んで待っていてください。


（２０２３年５月24日掲載）

先日、新聞紙をちょうど山菜の天ぷらの油切りに使いました。新聞紙って読んだ後も、いろいろ使えて便利ですよね

校正がやめられない

書籍の出版はこれで4冊目になるが、毎回自分でも悩むのが「校正のやめ時」である。

校正というのは、一旦出来上がった原稿をくまなくチェックして、誤字脱字はもちろんのこと、より良い表現、構成を目指して推敲を重ねていく作業のこと。一回校正したものをオペレーターに提出して終わりではなく、戻ってきたものをまた校正、このやり取りがだいたい三回くらい行われる。

こちらはもちろん、これで完璧だと思って提出するのだが、戻ってきたものを見直すと、いや待てよ、ここはこうした方がいい、という箇所が必ず見つかる。もっと適切な言葉があるのではないか、もっと伝わる表現があるに違いないと試行錯誤。これが、やめられない。クリエイティブを追求する作業に終わりなどないのだ。

…と、これを編集者が読んだら、「たいがいにしろ～！」と原稿どころかデスクごとぶん投げるだろう。

今作の編集者は、初めて組む43歳の山田さん。書籍の編集の仕事を始めて二年目、担当するのは私が二人目だという。

一人目は、サッカー本大賞2022優秀作品に選出され読者賞を受賞した『サムシングオレンジ』シリーズの著者、藤田雅史さん。山田さんの高校の同級生でもある藤田さんは、聞いてびっくり、締め切りを破ったこと

が一度もなかったそうだ。かといって、藤田さんの仕事がぞんざいなわけではもちろんない。著書も拝読し、番組にゲストとしてお迎えしたこともあるが、文章は美しく整えられて読みやすく面白く、人物も理知的で聡明だった。「藤田さん、さすがですね」と言うと山田さんは「当然です。だって締め切りって、そこで締め切るという意味ですよ」と言う。

山田さんは学生時代ラグビー部に所属していて、現在も新潟県ラグビーフットボール協会の理事を務めている。現役時代のポジションはスクラムハーフ、試合をコントロールする役目だから、編集の仕事も向いているはずだ。

自己分析をお願いすると「一般的な血液型診断でいう、A型です。きっちり、ちゃんとやりたいタイプです」と言うので、「私は何型だと思います?」と尋ねると「Oかな」「ABですね」と2回外して「まさかAですか?」と当てた後「Aにもいろいろいますからね」と吐き捨てた。そして「ラグビーには、ラグビー憲章の中に5つの大切な価値観があります。それは『品位・情熱・結束・規律・尊重』です!」などと付け加えた。

そうだ、山田さんには、どんなに辛くても悪態をついたりせず、品位と規律を己に課して、校正がやめられない情熱溢れる私を最後まで尊重してほしい。

結束してやり遂げよう!

おわりに

　というわけで、ほ〜ら、なんとかなりました。

　とはいえ、校了（校正の完了）に関しては最後の最後まで一悶着あり、結局、編集担当ラガーマン山田さんが、私を「尊重」してくれました。ありがたい限りです。

　「なんとかなる　なるようになる　なんとでもなる」、何かあるたびに、おまじないのように唱えてきた言葉ですが、実際は「なんとかしてくれる　なるようにしてくれる　なんとでもしてくれる」スタッフや周りの人たちがいるからだということは分かっています。

　この言葉には「やるだけやったら」という大前提がありますが、それだって、やるだけやってくれているのは、私よりもむしろ一緒に仕事をしてくれている人たちです。私は単に「後は野となれ山となれ」と開き直っているだけ。

　なかなか書名が決まらず行き詰まった時、「な〜る　な〜る　な〜る」を提案したのは、私でも編集者でもデザイナーでもなく、第一印刷所の佐藤文和さんでした。彼とは一作目からの付き合いですが、今回もチームの一員として、全ての決め事に関わってくれました。無理難題に穏便に対応しながら、自身は次第に顔面蒼白になっていくという特性を持ちます。

　フリーのデザイナーである関谷恵理奈さんとも一作目から一緒にやっていますが、今回初めて表紙のデザインまですべて手がけてもらいました。彼女が妊娠していることを、制作の最終段階になって知りました。おそらく、途中で伝えたら私が私の（自分中心な）ペースを守れず「ちゃんとしなければいけない」と考えるだろうと気遣ったのです。いつも私を励まし、全体を見てバランスを取ってくれる頼もしい存在です。そんな人たちに支えられて「な〜る な〜る な〜る」は出来上がりました。

しかし生きていると、どうやったってなんともできないこともあります。

例えばどこに生まれるかに始まって、納得いかない会社の方針、離れていく恋人の心、時には自分自身の感情だって思い通りにいきません。ＦＭ ＰＯＲＴの閉局然り。どうにもならないこともあるのだと実感させられた、そんな大きな出来事が、ここにまとめられている4年間の中で起こったのです。

それでも私はあえて、書名を「な〜る な〜る な〜る」に決めました。どうにもならないと感じた時にこそ、やっぱり唱えてほしい言葉だからです。

最近、本当に大切なのは、なんとかなったかならなかったかではなく、やるだけやったかどうか。そして、なんとかなるまでやり続けることだと思うようになりました。帯文にある通り、「やるだけやる」ことをやり続けたら、いつか大吉が出るのだと、バカみたいに信じて、これからも生きたいです。

この本が、御守りのように、長くあなたの側にあり続けますように（メルカリ禁止）。

最後に、この本に携わってくださった全ての皆さんに、そして、この本を手に取ってくださったあなたに、心からの感謝を申し上げます。

ありがとうございます。

えんどう まり

Photo by 小倉快子

遠藤麻理

えんどう・まり／新潟市出身。ラジオパーソナリティ。2020年に閉局したFM PORTで17年間にわたって『モーニングゲート』を担当。現在はBSNラジオ『四畳半スタジオ』パーソナリティ。

エッセイ連載に新潟日報「遠藤麻理のなんとかなる なるようになる なんとでもなる」（第2・4水曜掲載）、月刊誌CARREL「四畳半日記」。

著書に『自望自棄 わたしがこうなった88の理由』『自業自毒 平成とわた史』『ラジオを止めるな！』。

アートディレクション・デザイン　関谷恵理奈
本文内イラスト　どくまんじゅう

な〜る な〜る な〜る　なんとかなる なるようになる なんとでもなる

2023（令和5）年11月18日　初版第1刷発行

著　　者　遠藤麻理
発 行 人　佐藤　明
発　　行　株式会社新潟日報社 読者局 出版企画部
〒950-8535 新潟市中央区万代3丁目1番1号
TEL 025（385）7477　FAX 025（385）7446
発　　売　株式会社新潟日報メディアネット
（メディアビジネス部 出版グループ）
〒950-1125 新潟市西区流通3丁目1番1号
TEL 025（383）8020　FAX 025（383）8028
印刷・製本　株式会社第一印刷所

定価は裏表紙に表示してあります。

落丁・乱丁本はお取り替えいたします。


ISBN978-4-86132-843-5